Newton Compton Editores

Título original: 환상서점

© 2023, So Seo-Rim. Publicado según acuerdo con Danny Hong Agency
y Piergiorgio Nicolazzini Literary Agency (PNLA).
© 2024, de la traducción por Ana de la O Barragán Jiménez
© 2024, de esta edición por Antonio Vallardi Editore S.u.r.l., Milán

Todos los derechos reservados

Este libro ha recibido una subvención del Literature Translation Institute of
Korea (LTI Korea).

 LITERATURE TRANSLATION
INSTITUTE OF KOREA

Primera edición: noviembre de 2024

Newton Compton Editores es un sello de Antonio Vallardi Editore S.u.r.l.
Pl. Urquinaona, 11, 3.º 1.ª izq. Barcelona, 08010 (España)
www.newtoncomptoneditores.com

Gruppo editoriale Mauri Spagnol S.p.A.
www.maurispagnol.it

ISBN: 978-84-10359-16-1
Código IBIC: FA
DL: B 14.053-2024

Diseño de interiores:
David Pablo

Composición:
Javier Sánchez Meco

Impreso en noviembre de 2024 en Puntoweb s.r.l., Ariccia (Roma), en Italia.

So Seo-rim

La Librería
de las ilusiones

Traducción de Ana Barragán

Newton Compton Editores

Barcelona, 2024

Principio
La historia del acantilado

Hace mucho mucho tiempo, en un pueblecito perdido entre montañas y ríos vivía una chica muy curiosa, nacida en una familia noble, que prefería corretear por el campo libremente a recibir la educación que le correspondía.

Un día, mientras recorría las calles del mercado, encontró un libro en el suelo. Lo recogió y miró a su alrededor en busca de la persona que lo había perdido y supuso que debía de ser él, un muchacho que se alejaba caminando con la gracilidad de un ser etéreo.

La chica quiso devolvérselo antes de perderlo de vista por completo. Con la rapidez de una vasija rodando calle abajo persiguió el aleteo de mariposa de la tela de su *dopo*, del color del jade, ondeando tras él. Pero no llegó a alcanzarlo, pues sus piernecitas eran la mitad de cortas que las del joven.

Acabó perdida en medio de un bosque que todos decían que estaba embrujado. ¿Qué podría llevarlo a desvanecerse entre aquellos árboles espeluznantes?

Para cuando se puso el sol, el canto de los pájaros comenzó a asemejarse al quejido lastimero de los espíritus, y la chica se echó a llorar asustada. Entonces, alguien se apareció ante ella. Era el joven de antes, que de cerca ya no parecía tanto un ser sobrenatural sino más fantasmagórico, alto y muy pálido.

El muchacho se acercó y le preguntó su nombre. Entonces, ella comenzó a sollozar mientras él la observaba en silencio, visiblemente incómodo mientras se debatía entre qué decir o hacer. Incluso cuando ella le agarró la mano con fuerza, el joven dudó un instante antes de darle unas suaves palmaditas.

De golpe, la chica sintió un chasquido dentro de la cabeza, un chispazo eléctrico que trajo consigo una premonición.

—Creo que me quedaré aquí contigo mucho tiempo. Más de lo que puedas imaginar, tanto como incontables granos de arroz hay dentro de un saco.

La joven no se había dado cuenta en el momento, pero, al ver detenidamente el rostro delicado del hombre, se había enamorado.

No queda claro qué ocurrió con ellos al final. Al parecer, pasaron tantas alegrías como penas y, aunque estuvieron a punto de darse por vencidos en varias ocasiones, se esforzaron por seguir adelante. Y una vez más habrían escalado todos los picos juntos.

Cuentan que el amor de la chica acabó en tragedia. Después de estar casada un tiempo, eligió por fin liberarse de sus ataduras para fugarse al bosque con aquel muchacho. Y todo terminó con ambos saltando de un acantilado, abrazados, con las manos fuertemente enlazadas para no separarse jamás.

Qué par de estúpidos.

¿Qué fin innoble habían elegido, por un amor tan deslumbrante?

Lo curioso fue que él, aunque debía haber muerto en aquella ocasión, más tarde fue visto por los alrededores del acantilado, merodeando por las calles abarrotadas de la ciudad o descansando en un templo alejado del mundo.

Aquí comienza lo verdaderamente extraño, porque aún hoy continúan los relatos de testigos que aseguran haberlo visto. Creen que se trata de un fantasma, de un monstruo. Una persona normal no vive setecientos años. Así que ese joven con apariencia de *dokebi* debe continuar vagando por los alrededores del acantilado en espera de su amada; algunos dicen que construyó un granero, otros que ahora regenta una librería. Mientras tanto, sigue lamentándose por su desafortunado destino.

Eso es todo lo que se sabe de su historia. Podría ser mentira, claro. Pero también verdad. Puede que alguien modificara la versión original porque no le gustase, o tal vez alguno decidiera escribirla de nuevo. Y cambiar solo el final. ¿Qué importa mientras el público quede satisfecho?

A fin de cuentas, esta no es más que una vieja historia.

Capítulo 1

Una visita casual

Hay cosas que no cambian con el tiempo. Emociones como el amor y el odio. O la inmensidad del universo, que sigue una trayectoria distinta a la humanidad. El acantilado ante sus ojos.

Yeonseo estaba sola en medio de la oscuridad de la montaña. Había acabado allí, perdida, y ya llevaba cerca de treinta minutos sentada sobre la fría roca de granito contemplando su calzado, unas Converse que habían sido blancas, pero ahora estaban manchadas de tierra. Se había perdido mientras hacía senderismo por una montaña que era lo bastante grande como para atraer a un número considerable de excursionistas cada fin de semana. Le quedaba cerca de casa.

De haber continuado por la ruta para principiantes no habría pasado nada. Sin embargo, conforme subía los peldaños montaña arriba, el recuerdo del dichoso correo que la había llevado hasta allí hizo que la rabia escalase por su cuerpo y acabara tomando el control.

Lo sentimos. Su historia no es lo suficientemente comercial.

Ya iban siete veces en dos años. Siete veces incluso después de haber dejado un trabajo bien remunerado para convertirse en escritora de cuentos infantiles. Siete rechazos de editores que no había visto en su vida. Distintos niveles de cortesía, mismo mensaje.

Se enfadaba igual cada una de las ocasiones, pero siempre acababa convenciéndose a sí misma para buscar otra editorial. Hoy en día, hay libros y editoriales en todas partes. Estaba convencida de que encontraría por ahí alguien a quien le gustaran sus historias.

Lo que tenía diferente aquel rechazo era que resaltaba la parte decepcionante. Poco importaba lo respetuosos que hubieran sido en su correo, Yeonseo estaba tan harta que no podía interpretarlo de otra manera.

¿Has pensado en darle un final feliz?

Un final feliz. Preferían que hubiera ese tipo de final en sus cuentos. Existen muchísimas formas de vida, ¿es que solo por el hecho de ser un cuento ya debía acabar así? Los finales felices suelen ser parecidos en todas las historias. Parejas que acaban juntas, la humanidad sobrevive. Un juego momentáneo y satisfactorio para los lectores antes de regresar a la rutina de sus vidas con el corazón un poco más calentito.

¿Y dónde quedan los finales que son como un puñal en el corazón? Esos eran sus favoritos. Como cuando las hermanas de Cenicienta se quedan ciegas porque una paloma les arranca los ojos a picotazos o ese final en el que Patjwi[1] acaba hecha picadillo. Existe cierta belleza en esa crueldad.

Aunque ella misma reconocía que aquel tipo de finales no eran tan habituales, sí que permanecían durante más tiempo en la memoria, además de guardar significados ocultos. Tenían algo, ese algo que el narrador quiere contar al mundo.

Era como se sentía al ver unas escaleras en plena naturaleza, tan bien estructuradas, tan artificiales. Subirlas suponía acabar en un destino fijado por alguien desconocido para poder disfrutar de las vistas, despejar la mente y volver a la rutina con energía renovada.

De pronto, se encontró hastiada de aquellos escalones y se desvió, con la seguridad de una excursionista experimentada, por un camino con una señal de PROHIBIDO EL PASO. De pequeña la llamaban «mona de la montaña Bukhansan», un apodo que se había ganado por su rapidez y agilidad. Tenía buena memoria para recordar detalles tan concretos.

Y así había acabado allí. Perdida después de pasar dos veces por el mismo peñasco, le dieron las ocho de la tarde. Ya oscurecía y, al no poder bajar simplemente desde tan lejos, se había detenido allí. Tenía móvil, pero no la fuerza suficiente para pedir ayuda por su estupidez.

Al borde del acantilado donde estaba sentada ca-

---

[1] Protagonista de una fábula coreana.

bían como mucho dos personas. No estaba a la suficiente altura como para tener unas vistas excepcionales y tampoco parecía un lugar ideal para escalar, pero seguía estando a una altura considerable y tenía la sensación de estar flotando, como si se dejase llevar por la brisa nocturna en medio de la oscuridad. En ese momento, una pregunta tonta le cruzó por la cabeza: ¿así era estar en un lugar recóndito y olvidado del mundo?

A lo lejos, las luces de la ciudad titilaban como estrellas. Distantes. Se encontraba en el pedacito más pequeño de un mundo recortado con tijeras. La mera idea le causó aún más angustia.

–Estoy harta –murmuró para sí misma.

–¿Cómo dices? –preguntó una suave voz masculina tras ella.

Se giró de golpe. No era momento ni lugar para que hubiera alguien allí. Pero ahí estaba él, plantado como otro de aquellos árboles, como si llevase mucho tiempo esperando.

Le extrañó su atuendo: zapatos de cuero, traje perfectamente entallado y, por encima, un *dopo* de colores apagados que le cubría como una túnica. Por un momento esperó que estuviera ahí para rescatarla, aunque no llevase la indumentaria adecuada para hacer senderismo ni vistiera como si perteneciese a un equipo de rescate.

El desconocido se acercó y ella retrocedió unos pasos hacia el borde. Su grandiosa imaginación ya estaba barajando la posibilidad de que se tratase de un asesino o un *dokebi*. Fuera uno u otro, no quería que la atrapase.

Él se detuvo al ver el miedo en su rostro y la observó con una mirada indescifrable que mantuvo a Yeonseo expectante, esperando su siguiente movimiento. Sentía el sudor frío en las manos por la inquietud.

—Como ya sabrás, hay un acantilado justo detrás de ti —comentó él con voz amable.

Vaya. Yeonseo se giró para encontrarse con el abismo a escasos pasos. El rugido del viento escalaba por allí a la vez que el miedo ascendía por su cuerpo como un escalofrío. Miedo de aquel hombre, miedo de la caída.

—No serás… ¿de un equipo de rescate? —lanzó la pregunta, esperanzada.

—¿Rescate? —rio él, entornando los ojos.

Aquella risita había dejado en evidencia la ridícula pregunta.

Las esperanzas de Yeonseo quedaron hechas añicos y un nuevo escalofrío le sacudió el cuerpo.

—¿Quién eres entonces? ¿Y qué haces aquí? No llevas ropa de montaña…

—¿De montaña? —soltó otra carcajada antes de responder a su pregunta—. Bueno, es cierto que un traje no es lo más adecuado para hacer senderismo. Por dónde empiezo… Este lugar me trae recuerdos. Y me gusta disfrutar de mi tiempo a solas. Al menos eso pretendía, pero te me has adelantado. Sobre la ropa… Acabo de salir de mi tienda, está por allí.

Señaló más allá del despeñadero y Yeonseo se inclinó un poco para mirar. Allá abajo se veía un ínfimo resplandor. Se había puesto de moda montar pequeños negocios, como cafeterías o restaurantes, en zonas así. Y si bien su ropa desentonaba en la ciudad, sí que encajaba en medio de la montaña. Quizá le había juzgado mal.

Sin embargo, aún no estaba segura de poder confiar en él. Podía dejar que se marchara y luego pedir ayuda, o podía seguirle. También podía tener mala suerte y… Al final tomó una decisión y se fue alejando poco a poco del borde.

–Siento haberte molestado. Pero ya me iba, así que… ¡Ay!

El grito fue breve, una señal de alarma. Su plan de esquivarle y pedir ayuda había fallado, como todo lo demás que había programado para aquel día. Primero había recibido ese desagradable correo, luego se había perdido en la montaña y ahora una ráfaga de viento le había hecho perder el equilibrio.

«Moriré, sin duda –pensó mientras caía–. Tardarán en encontraran mi cuerpo, abandonado quién sabe dónde, y mis cosas perdidas por la montaña. ¿Qué llevaba hoy conmigo? Me identificarán a partir de mis pertenencias. Creerán que ha sido un accidente, un resbalón. Y yo ni siquiera he hecho testamento. Sí, seguro que eso es lo que pensaran... Pero ¿y si creen que he sido asesinada? No, seguro que no. Querría que por lo menos una vez muerta alguien supiese quién soy en realidad».

Este terrible accidente no era culpa de la débil vo-

luntad humana, sino de una combinación de casualidad y mala suerte.

Notaba la frente húmeda y fría por el aire: lo último que iba a sentir en vida. «Vaya desgracia de persona...», pensó cerrando al fin los ojos.

Un estruendo tan fuerte como el estallido de una
presa resonó en algún lugar. El viento sopló de nuevo, esta vez subiendo desde el fondo del acantilado.
Decían que en esa zona había corrientes muy fuertes,
pero aquello era peor de lo que imaginaba. Yeonseo
estaba prácticamente volando por los aires.

Estaban a principios de otoño; no se esperaba ni una
gota de lluvia ni tampoco nubes en el cielo. Era imposible que un tifón hubiera surgido de la nada o se
hubiese formado un huracán en plena montaña. Sin
embargo, Yeonseo estaba demasiado asustada para
siquiera gritar o pensar en esa anomalía inexplicable.

Abrió los ojos cuando una brisa más suave le acarició la espalda. En lo alto del oscuro cielo se alzaba
la luna llena, tan brillante y cercana que casi podía
tocarla. Se dejó llevar por el impulso de querer al-
canzarla y extendió los brazos. Pero entonces la luna
huyó y ella se dio cuenta de lo que pasaba. No era
el cielo ni tampoco la luna. Era una masa elegante y
grácil con un par de aletas redondeadas a los lados
que formaba medias lunas, y un par de ojos enormes
similares a los de una ballena.

La criatura pasó sobre ella y se elevó hacia el cielo. Llevaba un bosque sobre el lomo, terso y agrietado como la corteza de pino, y cada árbol estaba repleto de diminutas flores amarillas.

Según avanzaba, el viento iba arrastrando pétalos que caían a un arroyo y parecían estrellas en el firmamento nocturno. Uno de ellos, perfumado, revoloteó frente a sus ojos. Las pequeñas florecillas amarillas formaban unos racimos estrellados que flotaban a la deriva bajo la luna de otoño. Al verlas fluyendo como la Vía Láctea, a Yeonseo aquellos árboles le recordaron el mito del conejo que habita en la luna.

Todo tipo de sensaciones la envolvían: viento, destellos plateados, fragancia de flores. Hasta creyó distinguir el conejo blanco en el bosque a lomos de la criatura.

La tormenta mágica llegó a su fin y la gravedad tiró de ella.

«¿Moriré esta vez al fin? ¿O ya lo estoy?», pensó.

Seguía con los ojos cerrados y solo sentía una fuerza más suave que la sostenía en el aire. Se preguntó si seguía alucinando, así que volvió a abrirlos y se encontró con otras dos lunas ante sus ojos. Brillantes, de un verde desvaído. Pertenecían al mismo desconocido de antes.

Todo aquello se parecía cada vez más a un cuento.

Capturada en plena caída y en brazos de un extraño que la llevaba como si fuera una princesa.

Al final de aquella pequeña aventura aterrizaron en tierra firme. Yeonseo alzó la cabeza buscando de nuevo su mirada, un arrecife de coral donde creyó distinguir, durante un momento, a la criatura de antes sumergiéndose en las profundidades.

El hombre la hizo sentarse a una mesa y le sirvió algo de té. Yeonseo no le estaba prestando mucha atención.

–Parecía una ballena. Era gigante, del tamaño de un edificio. Y volaba por el cielo.

–¿Una ballena voladora? No puede ser.

Llevaban debatiendo sobre esto desde que habían vuelto de la montaña. Aquel desconocido había sido el único testigo del accidente, pero, para sorpresa de Yeonseo, se estaba tomando a broma todo aquello e insistía en que había sido cosa de su imaginación.

–Ballenas volando… Es lo que parece cuando las vemos salir a la superficie. A tanta distancia apenas se distingue entre el mar y el cielo. Una criatura tan enorme en medio de la nada… Claro que da la sensación de que estuviera volando. Además, de por sí las ballenas son animales misteriosos y no se dejan ver a menudo. Si unimos los puntos, la imagen que se forma es increíble. Pero, bueno… Al final, solo son mamíferos nadando en el mar. Y ese movimiento que hemos romantizado, en realidad… –hizo una pausa mientras servía el té. Algunas gotas de líquido rojo se deslizaron por el extremo de la taza– lo hacen para sacudirse los parásitos.

–Y entonces lo de flotar… Bueno, cuando el viento me elevó por los aires, ¿cómo explicas eso? –insistió Yeonseo frustrada.

Toda aquella experiencia tan traumática le había hecho olvidar que estaba ante un completo extraño. Su comportamiento resultaba poco característico en ella, que era cautelosa por naturaleza.

–¿Alguien más lo ha visto? –respondió él, con actitud despreocupada.

Se quedó callada, rumiando. Él era el único que lo había presenciado y seguía negándolo. Le vio empujar con suavidad la taza de té hacia ella.

–Lo que pasó en realidad fue que te agarré justo antes de que te cayeras. Es posible que una experiencia tan cercana a la muerte haya desencadenado algún tipo de respuesta neuronal en el cerebro y eso te produjese alucinaciones… «Visión de caleidoscopio»: así lo llaman.

–Pero… –Yeonseo dudó.

La sensación de caer y de flotar luego en el aire, el aroma de aquel bosque en plena floración. ¿Todo había sido cosa de ese efecto? Esperaba que le diera la razón por lo menos en una cosa.

–Tú me agarraste mientras estábamos flotando en el aire. ¡Me cogiste cuando caía en picado!

–No –respondió él entornando los ojos; su sonrisa, un molde de yeso–. Ha sido una ilusión. Todo.

Su determinación cayó sobre ella como un mazazo de impotencia. Se apretó la frente con las manos, cerró los ojos y meditó un instante.

–Sí… Tienes razón.

Debía aceptarlo. Aquello tenía sentido porque él había conservado la calma todo el tiempo, mientras que ella ya estaba de los nervios incluso antes de subir a la montaña. Se había perdido, y luego había tropezado y caído por un despeñadero. En realidad, la versión de aquel imperturbable extraño sonaba más convincente que la suya.

De nada servía continuar discutiendo. ¿Acaso cambiaría algo en su vida que aquella historia fuera real o un producto de su imaginación? ¿Solucionaría sus problemas para llegar a fin de mes?

–Ha sido una alucinación. No hay otra explicación –repitió resignada.

–No pareces contenta con lo que he dicho.

Silencio.

En otro momento lo habría ignorado y habría hecho como si nada, pero su descaro la dejó sin palabras. Luego apareció el enfado. Faltaba poco para la medianoche, lo que significaba que iba a tener un día horrible hasta el final.

–Pues no mucho. Me he caído de un acantilado por tonta y resulta que he tenido una especie de alucinación. ¿Hacía falta destacar que todo ha sido cosa de mi cabeza?

—¿Qué hay de malo en eso?

—¡Pues que nos acabamos de conocer!

—Ah…

Asintió como si acabase de darse cuenta. Para ir tan bien vestido desconocía las normas de cortesía más básicas. Yeonseo trató de calmarse un poco. Alterarse no era el mejor de los comportamientos si esperaba recibir una disculpa. Pero ella también guardaba una pizca de arrepentimiento, así que se excusó primero.

—Lo siento… Me he alterado.

Él le dedicó una sonrisa tan plácida y sosegada que sintió vergüenza y levantó la taza para ocultar el rostro tras el ligero vapor del té.

Entonces notó un tirón en la ropa y se giró. A su lado había una niña de unos cinco añitos, con un vestido blanco y tan pequeña que apenas le llegaba por la cintura. La miraba con los ojos muy abiertos y su forma de hablar le recordaba a un conejito masticando.

—¿Eres una clienta?

Aquella pregunta le hizo darse cuenta de que estaba en una librería. Puede que el hombre lo hubiera mencionado de camino, pero Yeonseo no le había escuchado, todavía impactada por todo lo sucedido.

Inspeccionó la estancia. Allá donde mirase, las paredes estaban repletas de estanterías con libros que hacían evidente la naturaleza del lugar.

El suelo, cubierto por una alfombra verde oscura, le daba un aspecto extraño, más sombrío, como si se hallaran en el interior de un árbol muy viejo en lugar de en una librería. Lo que más llamaba la atención era una máscara que colgaba junto a un arco, con cuatro fisuras para los ojos y las comisuras de los labios curvadas en una sonrisa inescrutable, espeluznante. Ese detalle hacía que el espacio se pareciese aún más a un escondite secreto.

La niña jugueteaba con su pequeña ropa mientras Yeonseo inspeccionaba alrededor. Luego señaló con un dedo el bolsillo de la joven, un gesto que sacó a Yeonseo de su ensimismamiento. Para no conocerla de nada, le pareció un gesto enternecedor.

Metió la mano en el bolsillo y sacó una moneda de chocolate.

–¿Querías esto?

–No –interrumpió el hombre, cortante y frío como la escarcha.

Con la taza a medio camino de la boca desvió la mirada hacia la niña, inexpresivo. ¿Cómo podía mirarla así? Yeonseo estaba a punto de preguntárselo cuando él añadió con voz amable:

–Te tengo dicho que no aceptes comida de extraños.

–Es que me apetece algo dulce…

–Me lo prometiste. Además, la clienta no se encuentra bien. Ven aquí.

–Puf. Eres cruel, Seoju –replicó la niña, haciendo uso de una expresión poco acorde con su edad.

Yeonseo la vio hacer un mohín y luego sentarse al lado de él. Era demasiado adorable como para negarle nada; con aquel pelo ondulado medio recogido y las mejillas redonditas y coloradas. Yeonseo se guardó la moneda de chocolate pensando que aquel tipo debía tener la sangre de hielo o ser inmune a cualquier encanto.

Gracias a la pequeña había descubierto que se llamaba Seoju, pero, como no le parecía bien usar su nombre tan pronto, prefirió seguir tratándolo con cierta formalidad.

—Entonces, ¿de verdad crees que ha sido una alucinación?

El librero se detuvo cuando estaba a punto de servir un poco más de té.

—Por supuesto —respondió con una sonrisa contundente.

Yeonseo asintió conforme. Ahí se acababa el tema. Había sido algo bastante horrible de por sí y no sentía la menor necesidad de seguir preguntando.

Mientras pensaba en cómo iba a volver a casa, él habló de nuevo:

—Déjame hacerte una pregunta: ¿qué te llevó al acantilado? Siendo la hora que era y un lugar tan apartado, no creo que fuera por un simple paseo. A no ser… Que estuvieras buscando algo.

O a alguien. Eso parecía decirle con la mirada.

Su voz resonó claramente en medio del silencio, así que Yeonseo no pudo evitar responder.

—No. Solo me había perdido y llegué allí de casualidad… —tartamudeó.

—¿De casualidad? ¿No era muy tarde para ser una mera casualidad?

—No ha sido un buen día. Salí porque necesitaba despejarme y me desorienté por ir pensando en mis cosas –explicó, incapaz de admitir que se había desviado deliberadamente del camino.

Él la escuchaba con atención.

–Sí que ha debido ser un día muy duro –murmuró.

Le pareció percibir en la sutileza y gravedad de su tono una pizca de curiosidad, o de preocupación, o tal vez de ambas. Percibía su buena intención. ¿Quién fingiría sentir tanto interés por escucharla? Quizá eso fue lo que la impulsó a seguir hablando.

–No ha sido solo hoy. Más bien, hay veces que ocurren cosas y acabo recordando el pasado. Aunque no tenga nada que ver y no pueda hacer nada al respecto, es algo que siempre vuelve y me molesta muchísimo… Al final acabo sintiéndome una inútil que ni siquiera es capaz de controlar lo que ocurre dentro de su cabeza.

–Terminas dándole vueltas a cosas que escapan a tu control. Cuanto peor es algo, más se hace notar. ¿Te ha ocurrido algo así?

–No sé. No es tan importante. Supongo… son cosas que le pasan a todo el mundo.

Se hizo un silencio extraño. Yeonseo no sabía qué esperar de ese hombre y ya sentía los hombros muy tensos.

–Claro, lo entiendo –respondió él con firmeza.

–¿Alguna otra pregunta?

–Siento curiosidad, pero sería de mala educación entrometerme… Apenas nos conocemos. ¿Más té?

Antes de poder responder, la niña los interrumpió con un sonoro bostezo. Él la cogió en brazos con la intención de llevarla a la cama y ella lo rodeó con los brazos mientras se quejaba por tener que acostarse ya.

—Léeme algo.

—Es muy tarde. Mejor mañana.

—¡Pero yo lo quiero ahora! ¡O no me voy a dormir!

—Está bien.

De repente, el librero se giró hacia Yeonseo y le preguntó amablemente:

—¿Te gustaría unirte? Suelo leer un poco a los clientes para que conozcan los libros. Puedes cerrar los ojos y relajarte mientras tanto. Dicen que escuchar historias ayuda al descanso.

—¿Qué? Pero…

—¿Te quedas?

Se le ocurrían miles de razones para rechazar la oferta: era tarde, estaba agotada y de mal humor. Pero fue mirar a la niña y de repente fue incapaz de negarse. Tenía los ojos fijos en ella, tan inocentes, tan brillantes. Le recordaba un poco a ella misma de pequeña.

Su abuela solía leerle cuentos antes de dormir. Fantasías que abrían puertas a otros mundos a pocos pasos de su cama. El simple recuerdo de aquellos momentos la llenaba de emoción y, si estaban a punto de crear una ilusión así para la niña, no quería ser quien lo estropeara.

Yeonseo esbozó una sonrisa un tanto amarga y asintió.

—Me quedaré a escuchar. A mí también me encantaba que me leyeran de pequeña.

El librero le dirigió una mirada extraña y breve, y luego asintió y desapareció entre la oscuridad de los estantes. Regresó con un libro bastante grueso en las manos, con una cubierta negra azulada y sin título.

Se sentó y empezó a pasar páginas sin mediar palabra. Yeonseo aprovechó para observar sus dedos largos y la piel pálida, mientras se preguntaba cuántos días pasaría allí dentro sin ver la luz del sol.

—Llevo mucho tiempo aquí —comentó él en voz baja al cabo de un rato. Yeonseo entendió que debía tener la librería desde bastante joven, pero no comentó nada al respecto y le dejó continuar—: Muchas historias han venido a mí. Historias que los clientes dejan atrás, otras que obtuve durante mis paseos y alguna que me llegó volando. Las hay de todo tipo. —Paseó la mano por el libro abierto como si se tratase de algo muy preciado—. Me gusta registrarlas todas. Una vez oí «Las palabras se desvanecen, pero la escritura es eterna», y me parece muy cierto. Sería una pena que historias tan interesantes como estas quedaran en el olvido. De ahí mi afición, que luego me llevó a tener una librería.

—Entonces, ese libro…

Él continuó antes de que Yeonseo pudiera acabar la pregunta.

—Lo he escrito yo. Contiene historias muy antiguas y otras más recientes. Incluyen géneros muy distintos, pero, sobre todo, son extrañas y llenas de fantasía.

De repente, se fijó en todas las estanterías que había tras él y en la profunda oscuridad que guardaban. Era imposible adivinar qué había más allá del pasillo. Cosas así son las que despiertan la imaginación. La sensación de que algo incorpóreo la observaba le erizaba la piel.

El librero por fin se decidió por una historia.

—Os contaré algo que pasó hace mucho tiempo en un reino muy lejano que fue destruido, del que hoy ya no queda nada. Allí tuvo lugar la historia de este niño muy pobre que soñaba en grande.

La luz de la lamparita de la mesa titiló en respuesta.

Historia de un ladronzuelo
y el Ciervo de Nueve Colores

El niño descubrió a muy temprana edad lo injusto que es el mundo. Al otro lado del río, si un niño rico estornudaba, enseguida acudía alguien a comprobar que no entraba aire por ninguna rendija. A la mínima mota de polvo, le cambiaban las mantas. Siempre se cercioraban de que el agua que bebía no estuviera demasiado fría. Pero ¿qué pasaba con los desafortunados como él?

Se limpió la sangre del tobillo izquierdo. Solo quería algo que llevarse a la boca, no había necesidad de poner ninguna trampa. Era huérfano desde muy pequeño, o así lo recordaba, porque el primer recuerdo que tenía era en la guarida de los mendigos junto al río y del líder de estos. Un hombre de aspecto temible y corazón frágil, de esos que aterrorizan a los niños y acaban llorando en estado de embriaguez.

«Pobre mochuelo abandonado aquí nada más nacer», le había dicho mientras se tambaleaba borracho. Después lo había incomodado acariciándole el pelo con una mano tosca y pesada.

Sin embargo, aquellas palabras calaron en la criatura. Puede que el hombre fuera un poco exagerado, pero no era ningún mentiroso.

Desde aquel día, el niño dejó de buscar a sus padres. Y, por muy triste que fuese, nada cambió en su vida.

Por aquel entonces, tenía el pelo suave como el pelaje de un conejo y un rostro que, lavado con el agua del río, adquiría una pureza singular. Solía disfrazarse de niña, agachaba la cabeza y mostraba unos deditos tan pequeños como judías que invitaban a la compasión. Cuando un viandante se detenía frente a él, levantaba la mirada y entonces no había nadie que se resistiese a esos enormes ojos, acuosos y brillantes. Así fue como acabó ganándose una buena posición entre sus compañeros, hasta que la pubertad trajo cambios en su cuerpo y en el timbre de su voz.

Entonces empezó a dedicarse a robar carteras en el mercado y a colarse en los corrales en busca de comida. Nunca se hacía con oro ni ganado, solo lo justo para mantenerse con vida un par de días más. Muchos niños empezaban a robar a esa edad, aunque en su caso era por una razón honrada, o eso se repetía a sí mismo. Sin embargo, a ojos del resto seguía siendo un gato callejero, un vagabundo bajo el puente. Y nadie quería tenerle cerca.

Ese día había caído en una trampa, una de esas que atrapan animales del tamaño de gatos salvajes y mapaches. Al tocar la cuerda tensada, el bambú había rebotado y se le había aferrado al tobillo, clavándole unas espinas afiladas que le habían impedido escapar. Por suerte no era letal, ni siquiera había llegado a quebrarle ningún hueso, pero tuvo que apretar los dientes para no gritar mientras se sacaba las púas incrustadas en la piel.

Regresó cojeando a la guarida de los mendigos. Allí, descorrió primero la cortina de paja para asegurarse de que no había nadie dentro y, acto seguido, se desplomó sobre la estera húmeda. El tobillo le dolía demasiado como para dejarlo desatendido, así que suspiró y machacó algunas hierbas para aplicárselas en la herida abierta. Luego, rasgó un trapo sucio con el que se la envolvió y se tumbó boca abajo.

A decir verdad, hasta aquel momento no se había sentido del todo satisfecho con su vida. Aunque tampoco podría decir que estuviera insatisfecho. Consideraba que las personas tenían vidas muy diferentes y él apreciaba lo que tenía, en lugar de codiciar lo que estaba fuera de su alcance. Vivía acorde con sus posibilidades. ¿Qué otra cosa podía hacer? Así era el mundo.

El líder del grupo le había arreado alguna que otra vez, pero nunca antes había resultado herido por el odio de un desconocido. Se tumbó de lado hecho un ovillo: la herida le palpitaba al menor movimiento.

Entonces oyó una tos seca proveniente de fuera. El

niño se levantó atento, temiendo que vinieran a hacerle daño. Alguien apartó la cortina y la luz entró a raudales, cegándole por un momento e impidiéndole ver más allá de la figura borrosa que irrumpía en la habitación. Reconoció los ropajes negros típicos de los guerreros y distinguió una espada al cinto. A contraluz, una sombra por rostro.

–¡Lo he encontrado! ¡El príncipe está aquí! –gritó.

El pequeño reino donde vivía estaba gobernado por un rey. Sus tierras eran buenas para el ganado y el cultivo, y mantenía buena relación con sus vecinos. Se podría decir que era un reino bendecido por los dioses.

El elemento más destacado de esta época era la Puerta al Más Allá, que se abría una vez al año. En ese momento, el mundo de los vivos y el de los muertos seguían estando conectados. Era habitual viajar de uno a otro pero, por supuesto, no resultaba nada sencillo. Si no, que se lo dijeran a todas esas hijas que se pasaban los días vagando por el mundo de los muertos buscando salvar a sus difuntos padres, a pesar de que para ello se requería la ayuda y la sabiduría de los dioses.

En el llamado Día de las Almas, ambos mundos festejaban que se abría la Puerta al Más Allá. El rey oficiaba el ritual pertinente y la gente bailaba mientras la puerta se abría y los espíritus, que normalmente no podían salir de la ultratumba, venían a visitar el mundo de los vivos.

El niño esperaba con ansias ese momento del año: era un día de alegría en el que disfrutar de una buena comida. Además, antes lo anhelaba con la esperanza de que los espíritus le ayudasen a encontrar a sus padres, o tal vez para descubrir que estaban entre ellos y así poder volver a verlos, pero todo cambió cuando fue consciente de que lo habían abandonado.

Sin embargo, durante un Día de las Almas le ocurrió algo inquietante. De vuelta a casa, mientras caminaba junto a la linde del bosque cercano a palacio, una figura blanquecina del tamaño de una persona pasó por su lado y desapareció en la profunda oscuridad, dejándole momentáneamente paralizado del susto.

El chico se armó de valor, inspeccionó el lugar de donde venía aquella aparición y descubrió lo que parecían huellas de ciervo entre la maleza, el triple de grandes de lo que deberían ser. Empezaba a dudar de que realmente se tratase un ciervo. Además, había visto con claridad el pelaje, que era de un blanco inusual. Recordó entonces lo que contaban sobre bandidos que se hacían pasar por ciervos blancos para atraer a la gente y sintió miedo. Pero también curiosidad. El aroma floral que había dejado aquella figura a su paso había despertado sus sentidos y quería averiguar qué se escondía detrás.

Así que se adentró sin vacilar en el bosque y caminó durante un rato hasta que por fin encontró a la criatura cerca de un pozo abandonado.

En efecto, era un ciervo enorme de pelaje blanco y reluciente como la sal y cuya cornamenta ondulada como un capullo resplandecía en nueve colores. Aquella extraña criatura lo miró como si ya le conociera de antes y le siguió observando durante unos instantes antes de perderse entre la maleza.

Aquella noche, ya de vuelta en la guarida de los mendigos, el niño relató emocionado su encuentro con el ciervo como la experiencia más mágica que había vivido jamás. Todos estallaron en carcajadas al escucharle.

–Conque un ciervo de cuernos brillantes... ¡Menudo sueño has tenido!

Hasta el líder le dijo que debía estar equivocado, porque ninguno de los allí presentes había oído hablar nunca de un ciervo así. Y nadie más que él lo había visto.

Por un momento quedó preso de la frustración, decepcionado. Luego aceptó que debían tener razón, porque ¿de qué le servía seguir insistiendo en que era real? Creer en la existencia incierta de algo solo es una forma de autocomplacencia. Ya había aprendido esto con el tema de sus padres. Así que aceptó que todo había sido una ilusión, tal y como le habían dicho, y el Día de las Almas llegó a su fin.

Sin embargo, ahora tenía delante a alguien que le preguntaba si había visto al ciervo. El guerrero lo había arrastrado hasta palacio y, antes de que pudiese siquiera darse cuenta, se encontró ante una mujer que claramente pertenecía a la nobleza.

Ella le agarró del brazo mientras le bombardeaba a preguntas.

—¿Viste al ciervo blanco el Día de las Almas? ¿Con una cornamenta brillante de nueve colores? ¿Y unos ojos enormes y cristalinos?

La cabeza le daba vueltas por todo lo que estaba sucediendo tan repentinamente. Antes de poder responder siquiera a una de sus preguntas, se abrió una puerta. Parado en el umbral, había un hombre ya entrado en años, de aspecto afable y profundas arrugas en los ojos, rodeado por un séquito de sirvientes.

Entró en la habitación y todos se inclinaron en señal de respeto. Solo el niño se le quedó mirando embobado con los ojos muy abiertos, pues la ignorancia es atrevida. El hombre se detuvo frente a él y lo miró fijamente, ignorando al resto.

Por un momento solo existieron él, la mujer de las preguntas y el niño.

Los tres se sentaron a una mesa en el centro de la sala. Aquel hombre tan solemne era el rey, y la inquisidora mujer, la reina. ¡Y pensar que ella le había cogido las manos sucias hacía un momento! Se sintió avergonzado y se las retorció, incómodo.

Rey y reina lo miraban directamente.

—Eres mi hijo —sentenció el rey.

El pobre niño se cayó de la silla del sobresalto, un golpe brusco pero indoloro, y se quedó mirando al rey sonriente y a la reina, que se secaba las lágrimas con la manga, boquiabierto desde el suelo. Lo ayudaron a sentarse y le explicaron en detalle lo sucedido. Al parecer alguien se había llevado al príncipe cuando apenas era un bebé. Según las habladurías, aquello solo podía ser obra de un *dokebi*, un zorro o algún otro tipo de demonio. Desde entonces, el rey había quedado sumido en una profunda tristeza que no le permitía hacer nada al respecto, mas debía priorizar su deber de proteger al pueblo.

Habían encontrado al príncipe gracias al ciervo, aquella criatura misteriosa de nueve colores. Una bestia divina que viajaba entre el mundo de los vivos y los muertos guiando las almas de los fallecidos y ayudando a quienes deseaban visitar el Más Allá.

Por esa razón, cada vez más gente buscaba al animal, algunos con intención de darle caza, lo cual era un problema. Los dioses, preocupados, habían optado por utilizar flores de ceguera del Jardín Celestial para que la gente no pudiera ver al ciervo. Solo la familia real, aquellos de sangre noble, podrían volver a verle.

Cuando el niño describió gesticulando con las manos cómo era la criatura que había visto, el rey sonrió satisfecho. Además, su edad coincidía con la del príncipe, no cabía duda. Estaba rebosante de alegría porque el ciervo que guiaba las almas al Más Allá les hubiera traído de vuelta a su hijo. La reina acabó echándose a llorar de la emoción y el rey abrazó al pequeño, que no sabía si debía alegrarse o no.

Uno de los súbditos presentes interrumpió el momento.

–Con el debido respeto, majestades. Por si acaso, creo que debería celebrarse un juicio.

–Solo alguien que hubiera visto al ciervo podría dar una descripción tan exacta. ¿Qué más habría que hacer? –respondió el rey.

–Pero no hay más testigos, y estamos hablando del legítimo heredero del reino. No se debe confiar en la palabra de un muchacho cualquiera para tratar un asunto de tal importancia –añadió el súbdito cortésmente.

El rey pareció impacientarse.

–Entonces, ¿qué sugieres?

–Mañana es el Día de las Almas. Cuando se abran las Puertas al Más Allá, el Ciervo de Nueve Colores guiará a los espíritus al exterior. Entonces, el príncipe deberá señalar su ubicación. Nosotros no podremos verlo, pero Su Majestad podrá juzgarlo por sí mismo.

Al rey no le quedó más remedio que aceptar. Era su deber como último miembro de sangre real, a excepción del príncipe. Nadie más podría comprobarlo y por eso juró solemnemente decir la verdad.

Al día siguiente pondrían a prueba al niño.

Después de asearse se tumbó en la cama. Los criados que lo habían seguido desde los baños lo arroparon, encendieron algunas velas y se escabulleron de la habitación. Una vez se quedó solo, el niño aspiró el olor de su propio cuerpo; ese aroma a sándalo nada tenía que ver con el habitual hedor a mugre al que estaba acostumbrado. Le resultaba curioso que ahora lo tratasen como a la realeza, aunque no sabía durante cuánto tiempo seguiría siendo así.

La cama era demasiado grande para un cuerpo tan pequeño como el suyo. Recordó entonces la guarida de los mendigos y el cuchitril donde una docena de personas dormían en círculo como crías de ratones alrededor de su madre. En esas condiciones solía caer rendido nada más tumbarse y, sin embargo, arropado bajo un edredón de lana bien mullido no era capaz de conciliar el sueño. Su mundo había dado un vuelco en cuestión de un solo día y todavía tenía la sensación de estar soñando.

Escuchó voces fuera. Al momento entró la reina, vestida con lo que parecía ser su atuendo de cama: una larga bata blanca que arrastraba por el suelo, desprovista de joyas, pulcra, pero igual de elegante.

Se sentó a su lado, inquieta, y esperó un instante antes de hablar:

—¿Te preocupa lo de mañana?

El niño agachó la cabeza sin saber qué decir. Tras unos segundos de silencio, la reina le preguntó si estaba herido, porque le había visto cojear. El recuerdo trajo de vuelta el dolor. Al subirse el pantalón con cuidado, la venda se le desató y cayó. Los criados habían cumplido estrictamente con la tarea asignada y no se habían parado a examinar aquella herida latente en carne viva, que seguía doliéndole con cada mínimo movimiento. Maldita trampa.

Tras comprobar que estaba infectada, la reina le aplicó un ungüento mezclado con polvo de ceniza. Al principio notaba frío, pero, en cuanto penetró en la herida, le invadió un calor abrasador seguido de un dolor sordo. El niño dejó escapar un quejido mientras la reina le daba unas palmaditas en la espalda.

—Estoy convencida de que eres mi hijo, no tengo duda de ello. A veces, el vínculo entre dos almas se siente a simple vista.

Pasaron un rato charlando. La reina quería saber qué había sido de su vida hasta entonces y él se lo contó, aunque no estaba seguro de que fuese a quedar muy contenta con la historia. Le habló del día en el que mendigó más dinero que ninguno de sus amigos, de la vez que le había ganado una pelea a un cerdo, y de cuando consiguió engañar a un mercader escondiéndose una bolsa de castañas en el gorro. Eso, y un largo etcétera que la reina escuchó con una sonrisa. Su atenta mirada le provocaba un cosquilleo en el estómago.

Ya entrada la noche, ella regresó a sus aposentos y el niño cerró los ojos al apagarse la última vela. Reinó entonces un silencio que acrecentó sus pensamientos; la oscuridad le traía imágenes más nítidas a la cabeza y la ansiedad se abría paso, extendiéndose como la mala hierba en verano.

El Ciervo de Nueve Colores. El origen de todo, aquella criatura que le había traído la fortuna.

La manta de lana era tan pesada que le impedía respirar. Se giró primero a un lado, luego a otro, pensando. Pensando en ese ciervo que solo había visto una vez en su vida y que había acabado siendo lo que determinaría el rumbo de la misma. Pensando en que, si no volvía a verle, regresaría a las calles.

En otras circunstancias, eso no habría supuesto ningún problema. Solo había tenido un golpe de suerte, no pasaba nada si lo perdía todo. Pero la palabra «familia» era algo mayor, algo demasiado dulce como para que un chico de catorce años lo dejara escapar después de probarlo. No podía renunciar como si nada a aquella fuente repleta de felicidad. Todo aquel tiempo había vivido sin saber lo adictivo que resultaba ser importante para alguien.

Con todas estas cosas dándole vueltas en la cabeza el dolor del tobillo se le acrecentó. Ansioso, se removió en la cama y se tapó hasta arriba. Nadie sabía lo que deparaba el futuro. Era posible que el ciervo no apareciera y le echasen de palacio. Por una vez no quería dejar su vida en manos de un destino impredecible. Siempre había vivido dentro de sus posibilidades.

Después de pensarlo como nunca antes había pensado nada, se levantó y salió de la estancia. No le costó escapar del palacio usando sus habilidades de

ladronzuelo para saltar el muro y aterrizó deliberadamente sobre un arbusto para aliviar el dolor de la
caída. Desde allí fue directo al bosque donde había
visto al ciervo. Quedaba cerca: si se daba un poco de
prisa regresaría antes del amanecer. Tuvo que atrave-
sar la oscuridad del bosque casi a ciegas, con la luna
apenas iluminando el camino.

No había nadie donde lo había visto la vez anterior. Para asegurarse, destapó el pozo e inspeccionó
el fondo: solo lo llenaba una oscuridad opaca. De
estar ahí, destacaría el brillo de su cornamenta. Volvió a cerrar la tapa, apesadumbrado, y al levantar la
cabeza lo vio.

Se miraron. Olía a los campos de flores celestia-
les del Más Allá, un aroma dulzón y exquisito. Con
cautela, alargó la mano para acariciarle el hocico, y
el ciervo, que era por lo menos tres veces más grande que él, inclinó la cabeza, mientras la cornamenta
emitía unos suaves destellos al moverse.

Entonces, el niño sacó del bolsillo del pantalón
un cuchillo tosco, el mismo que le había ayudado a
escapar de la trampa esa misma mañana. Su único
pensamiento mientras arremetía contra el ciervo fue
que esperaba no volver a necesitar la hoja de metal.

Amaneció otro Día de las Almas despejado y claro
como de costumbre. Todo el mundo se preparaba
ya para recibir a los espíritus. Había comida en can-

tidades desmesuradas y los tambores estaban frente a las puertas para darles la bienvenida. En palacio habían preparado un altar donde se colocó un poste de abedul muy alto, en cuyo extremo una campanilla emitía un suave tintineo con cada ráfaga de aire. Una multitud vestida de blanco llenaba todo el patio real de parloteos y risotadas.

Rey y reina también iban vestidos con seda blanca bordada en oro. Pese a ser un evento que tenía lugar cada año, parecían nerviosos. En breve se llevaría a cabo el ritual y aparecería el ciervo guiando a los espíritus. Descendería por el cielo dejando tras de sí un rastro de polvo multicolor. El rey esperaba pacientemente, pero la reina no apartaba la vista del niño sentado a cierta distancia de ellos, ahora aseado, que se removía inquieto en su asiento.

La ceremonia dio comienzo y el rey se acercó al altar de piedra. En lo alto había una estela con la inscripción ALTAR DE LOS CIELOS. Se inclinó ante ella y comenzó a agitar una campanilla de bronce, lento pero constante, hasta que el soniquete se extendió por cada rincón del palacio y llegó a oídos de todos.

El rey cerró los ojos y pensó en todas esas cosas que deseaba hacer con su recién recuperado hijo. Como jugar al *baduk* sentados bajo el alero del tejado un día de lluvia, salir a cazar cabalgando codo con codo, enseñarle a oficiar los rituales, educarlo para que fuese su sucesor algún día. Tantísimas veces había soñado con ese proceso tan natural… Y podría llegar a suceder, si el ciervo aparecía.

Pero no lo hizo. El rey siguió agitando la campana, cada vez más rápido. Debía de haber aparecido al noveno tintineo y ya llevaba por lo menos cuarenta. Cuanto más tiempo pasaba sin respuesta, más perdía el rey la compostura. Por primera vez en más de veinte años le temblaron las manos.

El pueblo lo notaba, y los rostros esperanzados iban siendo sustituidos por el nerviosismo y unos murmullos inquietos. El llanto de quienes habían perdido a sus seres queridos. Un día al año. Solo un día al año podían volver a ver a sus madres, hermanos y amados ya muertos, y la sensación de que ese día podría arruinarse para siempre era cada vez más palpable.

El rey agitó la campana por nonagésima novena vez.

Entonces, el cielo se abrió como si una espada hubiera desgarrado su vasta extensión. De la grieta abismal descendió hasta el altar un puente irisado. El pueblo vitoreó y el rey apenas alzó la mirada, secándose el sudor frío de la frente. La reina exhaló por fin un profundo suspiro de alivio. El niño seguía removiéndose en su asiento, esperando que llegase su momento de intervenir.

Lo que emergió de la grieta fue algo que nadie esperaba. Ni el ciervo ni los difuntos, sino un niño, que descendió por el arcoíris hasta detenerse a mitad del camino. Sobre su cabeza destacaba una corona puntiaguda.

—¿Dónde está quien ha codiciado más de lo que le correspondía por sus posibilidades?

Su voz atronadora resonó con fuerza y todos se taparon los oídos. Algunos incluso se desmayaron, otros se orinaron encima de puro miedo. El rey sabía que era un enviado de los cielos, así que se arrodilló ante él con la cabeza inclinada.

—¿Qué ha despertado el agravio del cielo?

El enviado le lanzó una escueta mirada antes de recorrer la multitud con unos refulgentes ojos de águila en vuelo.

—Tú no. Tú tampoco. ¿Dónde te escondes? —murmuró señalando a cada persona con el dedo hasta que por fin se detuvo mientras señalaba al niño—. Ahí. Eres tú, mapache de manos largas.

Tan pronto salieron esas palabras de sus labios, el cuerpo del niño se elevó por los aires. Por más que agitaba brazos y piernas tratando de resistirse, no era rival para semejante fuerza divina. Fue a parar frente al enviado, quien rápidamente rebuscó entre las ropas del pequeño y sacó algo que dejó al rey de piedra. Luego, el niño salió despedido por los aires y rodó puente abajo hasta el suelo.

El enviado alzó algo a la vista de todos: el asta de la cornamenta del Ciervo de Nueve Colores que el niño le había arrancado la noche anterior. Tenía la forma de un tirachinas y su intenso brillo revelaba que se conservaba en buen estado. El Emisario la observó, se giró hacia el niño y luego se dirigió a él con una voz potente que sobrecogió a todos los presentes. Los humanos se encogían de dolor ante la ira de un dios.

—Insensato. ¿Creías que alguien como tú podría poseer esto? Lastimar al Emisario del Inframundo es un pecado enorme. Por tu culpa ha perdido su poder y ha ascendido a los cielos. Jamás regresará al mundo de los vivos, donde fue herido. Tratamos de que muy pocos pudieran verle y al final le ha terminado sucediendo esto. Precisamente a él, la única llave que abría las puertas al Más Allá. Desde hoy quedarán cerradas, vivos y muertos no volverán a encontrarse. Has sido un necio. A partir de ahora asumirás su papel y te encargarás de guiar a las almas al Inframundo. Cada vez que cruces el puente al Más Allá, los gritos de todos los difuntos que ansían volver a sus hogares te recordarán tus pecados.

El niño se hizo pequeñito y apenas encontró fuerzas para hablar:

—No iba a hacerle daño. Solo quería seguir así y tener unos padres como todos los demás. Quería que me cuidaran cuando estuviera enfermo y cantar canciones felices juntos. ¿Por qué es tan difícil? ¿Por qué se me castiga por soñar con una sola cosa?

El mensajero le respondió con voz más suave:

—Ya veo que no solo eres un necio, sino también un ser patético. Si hubieses esperado habrías podido disfrutar de esa vida. Tu imprudencia ha arruinado tu futuro y también la dicha del resto.

Terminó su discurso, se marchó volando y cruzó las puertas al Más Allá, que se cerraron tras él. El cielo quedó despejado. La claridad y la ausencia de colores le provocó una angustia enorme. El tobillo volvía a dolerle, la herida supuraba y sangraba. Nunca sanaría. El dolor era como unos grilletes amarrados a su tobillo. Iba a arrepentirse durante mucho tiempo de no haber dejado la ilusión como lo que era, una mera fantasía.

Las puertas no volvieron a abrirse y ambos mundos quedaron incomunicados, lo que hizo sufrir mucha gente. Nunca nadie regresó después de muerto ni los vivos tampoco pudieron desplazarse para visitar el otro lado.

El niño se encargó de lo que los dioses le habían encomendado y se convirtió en el Emisario del Inframundo, el guía de las almas. Fue él quien acompañó a las almas del rey y la reina, a sus amigos, al líder de los mendigos. Aquel castigo continuó mucho tiempo después de que todos sus conocidos hubieran fallecido. Solo los dioses sabían cuándo quedaría libre de su penitencia.

–¿Y eso es todo? –preguntó Yeonseo en cuanto terminó la historia.

Esperaba algo más, pero él ya había cerrado el libro y la niña se había quedado mirándola perpleja.

–Sí.

Yeonseo frunció el ceño, disconforme.

–Sí que son malos los dioses; todo eso por el error de un crío. Ni siquiera lo hizo con mala intención, solo quería una familia, y tampoco es que hubiera matado al ciervo ni nada parecido.

—Los dioses son estrictos por naturaleza, no toleran tonterías. Al fin y al cabo, están por encima de todos, ¿es que no deben ser justos?

Yeonseo alzó una ceja.

—¿Eso es ser justo? Conocían perfectamente lo que estaba pasando. Si son tan magníficos como dices, tendrían que haberlo sabido. Es un final un poco raro. ¿Qué es lo que intenta decir?, ¿que no deberíamos soñar?

«Todos los dioses son iguales», pensó, pero no llegó a decirlo en voz alta para no seguir discutiendo. Bastante había tenido ya ese día. Después del maldito correo, la angustia y el accidente casi suicida, lo que menos esperaba era tener que escuchar una historia que la hiciera sentir aún peor. ¿No era algo exagerado prohibir a las personas tener aspiraciones?

De pronto, las emociones le afloraron en los ojos y trató de cubrirse la cara, pero las lágrimas empezaron a caer solas. En cuestión de segundos, el cargado ambiente de la librería se enfrió de golpe. Ninguno de ellos se movió y el tiempo se detuvo por un instante.

La niña tiró del brazo del librero, que se levantó en silencio. La silla rechinó al desplazarse, una discordancia que no encajaba con la cautela de sus movimientos. Cogió un pañuelo rojo bordado de una cómoda y se lo tendió a Yeonseo. Ella lo aceptó, se secó las lágrimas y lo dobló cuidadosamente antes de devolvérselo.

—Antes me has preguntado si había tenido alguna mala experiencia. En mi antigua empresa, alguien me dijo que jamás iba a ser capaz de hacer nada por mí misma, que ni lo soñase. Exactamente como en la historia que acabas de contar. No creo que sea una coincidencia. Mucha gente escucharía eso y seguiría con sus vidas... —dijo forzando la comisura de los labios para esbozar una sonrisa—. Y luego estoy yo, la única que cojea, quien se siente perdida y ridícula.

Reinó el silencio y Yeonseo se arrepintió enseguida. No era necesario abrirse de esa manera y contarle algo tan deprimente a un extraño. Quería salir de allí cuanto antes.

—Perdona. Debería irme.

—Espera.

Cuando Yeonseo trató de levantarse a toda prisa, él le cogió de la mano. Su actitud había cambiado: ya no era despreocupada sino apremiante, casi suplicante.

—Lo siento —continuó, y viendo que ella no sabía qué responder, añadió—: Vuelve otro día y te contaré una historia diferente. Ha sido culpa mía. He fastidiado tu momento de descanso y eso no está bien, no debería ser así. No puedo permitirlo, es para eso que existe esta librería.

Yeonseo no podía creer que aquel hombre le estuviera pidiendo aquello. Intentó entenderlo: quizá esa fuera, como propietario, su preocupación principal, el miedo a que hablaran mal de aquel lugar. Fuera por la razón que fuese, asintió. Prometió volver; no se le daba muy bien eso de rechazar una petición.

El librero le dedicó una gran sonrisa a modo de respuesta y su alegría genuina le recordó al sol de un día de verano. Seguía agarrándole la mano.

–Pues… continuará –dijo.

Allí, en aquella extraña librería que había aparecido de la nada, un enigmático desconocido, en lugar de referirse a los finales, hablaba de continuidad, de segundas partes.

Yeonseo aporreaba el teclado y llenaba la habitación con el sonido de las teclas. En la pantalla de su portátil el cursor iba tragándose las letras, una tras otra. Seguía por palabras, hasta frases enteras. Al principio dudó como se vacila al cruzar un puente traicionero, y lo hizo cautelosa, con incertidumbre. Luego aceleró pareciendo un caballo de carreras que galopa con la mirada al frente. Los movimientos rápidos no requerían pensamiento alguno.

La pantalla volvió a quedarse en blanco y el cursor regresó a su origen. Después de borrar todo lo que había escrito en los últimos tres días, cerró el portátil, decepcionada. Llevaba con esa sensación desde que había recibido el correo que sugería un final feliz para su historia. Pero no se le había ocurrido otro. Era una escritora incapaz de encontrar un final, una contradicción sin respuesta.

Seguía sin apostar por la sugerencia del editor. Por mucho que fuera un veterano en su campo, podían existir probabilidades que él no hubiera calculado, aunque fuera una entre un millón. Eso tampoco significaba que ella tuviera la confianza suficiente en su escritura. Antes de dejar su anterior trabajo, se había imaginado quince escenarios diferentes en los que entregaba su carta de dimisión, y solo después de agobiarse hasta el punto de sentir retortijones en la tripa fue capaz de actuar. Así que, o bien se quedaba en su burbuja ajena a todo o buscaba la forma de conseguir dinero. Estaba claro por qué opción debía decantarse, pero tomar decisiones nunca había sido su fuerte.

Estaba tumbada en el suelo de su habitación, abatida. A su alrededor un montón de apuntes y borradores descartados, todos iguales. Alguno quizá tenía cierta personalidad, pero ninguno era especialmente cautivador. Eran tan ambiguos como la persona que los había escrito. El impar que queda suelto, que nadie elige...

Se dio la vuelta en el suelo hasta colocarse de cara al resto de su pequeña casa. Yeonseo se había criado en un pueblo, pero se había mudado a Seúl para estudiar en la universidad y, con ayuda de su madre, había encontrado ese pequeño estudio de poco más de diez metros cuadrados. Era un edificio antiguo que había remodelado el dueño anterior y, por lo menos, se veía limpio. Sin embargo, a su madre no acababa de convencerle. Solía hacer las cinco horas de viaje de ida y vuelta solo para echarle la bronca y llevarle comida.

Aun así, Yeonseo se había quedado finalmente viviendo allí. Durante su época universitaria había pasado más tiempo en la biblioteca y solo había invitado a sus amigos a casa una vez. Su novio de entonces también había insistido en pasar tiempo allí, pero como ella nunca le dejaba acabaron rompiendo. Cuando empezó a trabajar, su casa pasó a ser poco más que un lugar donde dormir.

Y así siguió siendo hasta que dejó su empleo y por fin empezó a pasar algo más de tiempo en su hogar. De hecho, mucho tiempo, porque estuvo los dos años siguientes prácticamente encerrada, viendo a sus amigos un par de veces al mes y saliendo a dar un paseo o en busca de una cafetería donde refugiarse solo cuando se agobiaba. Sin embargo, el hecho de estar en casa no le había hecho escribir mejor ni la había ayudado a conseguir ningún contrato. Seguía estancada, perdida, tumbada en el suelo. Día tras día.

Si se paraba a pensarlo, su vida carecía de fantasía alguna para escribir cuentos de hadas llenos de sucesos misteriosos. Era tan sencilla como esa casa donde llevaba nueve años viviendo sin tener siquiera un recuerdo memorable de ella. Yeonseo se consideraba una persona normal y corriente, aburrida, sin ningún atractivo especial y no muy buena en su trabajo. El humor tampoco era lo suyo, tal vez por eso no tenía muchos amigos. Toda clase de pensamientos autodestructivos inundaron de golpe su mente.

Entonces recordó al hombre del acantilado y pensó en cómo la había recogido en el aire para traerla de vuelta a tierra firme. El corazón le dio un vuelco. Aunque aquello no fuese real, aunque solo se tratase de una ilusión creada por los neurotransmisores cerebrales, no dejaba de ser una experiencia maravillosa. Una ilusión, una felicidad inexistente.

Jamás olvidaría que había volado bajo la luna de otoño. Como tampoco olvidaría la atmósfera inquietante de la librería, el frío que le tensaba el cuerpo, la silueta de aquel hombre sentado mientras leía aquella historia triste e insólita. Independientemente de lo que opinara sobre el relato, aquel momento le había dejado una fuerte impresión.

Por suerte o por desgracia, se había cruzado con aquel hombre. Una sensación de inquietud la inundaba cada vez que recordaba el momento en que él le había pedido que volviera a visitarle: algo en su expresión habría hecho estremecer a cualquiera.

¿Debía volver?

El teléfono vibró tras recibir varias notificaciones seguidas. Lo encontró bajo la pila de hojas. Tenía unos cuantos mensajes pendientes de leer, pero se relajó al ver de qué se trataba. Había quedado con sus antiguos compañeros de trabajo.

—Es una pena, con el talento que tienes. ¿O no, Daeun?

Sanghoon ya estaba borracho y Yeonseo no sabía si tomarse sus palabras como un cumplido o como un reproche. Daeun, sentada a su lado, se le había quedado mirando. Finalmente, Yeonseo se echó a reír.

Aquel par eran los dos amigos que había hecho durante el tiempo que había trabajado en la última empresa. Aunque de edades y puestos diferentes, los tres habían entrado allí con la misma motivación y habían seguido en contacto después de que Yeonseo se fuera. Sanghoon la había llamado para quedar igual que otras tantas veces. «Aunque parezca raro invitar a alguien que ya no está en la empresa, sería aún más extraño quedar sin ti», le había dicho con una sonrisa picarona. Tonterías. Daeun y él se conocían desde el instituto y tenían la confianza suficiente para quedar los dos a solas.

—Os lo agradezco —murmuró Yeonseo con una débil sonrisa.

—¡Yeonseo! ¡Seguimos siendo amigos! Da igual que ya no estés en la empresa. Tampoco nos llevamos tantos años para no juntarnos —refunfuñó Sanghoon—. Te echamos de menos. Ojalá pudiéramos volver a verte en la oficina, echo de menos ver esos ojos tan bonitos cada día, siempre tan responsable, tan lista…

Sanghoon tenía por costumbre lanzar piropos cuando se emborrachaba, cosa que al princio a Yeonseo le había resultado incómodo. Con el tiempo se había acostumbrado.

—¡Para, hombre! ¡Que Yeonseo ya tiene abuela! —exclamó Daeun.

Daeun era algo mandona, muy organizada y meticulosa. Con la confianza en sí misma que tenía y lo ambiciosa que era, no sorprendía a nadie que la hubieran ascendido. Yeonseo, aunque sabía que se lo había ganado a pulso, sentía algo de envidia. Su excompañera tenía todo lo que cualquiera envidiaría.

Sus dos amigos apenas se saludaban en la oficina, pero su relación era muy diferente fuera. Daeun le gritaba cada dos por tres. La primera vez que Yeonseo los escuchó, se asustó pensando que discutían, pero luego comprendió que así funcionaba la dinámica de su amistad.

–Pero es verdad, todo todito. Y si Yeonseo no se hubiera ido, estaría dos pisos más arriba.

–Pues si tanto te gusta, venga, pídele para salir. Es que cómo se te ocurre decirle eso, ¿te crees que es un piropo?

–¿Eh? Pero, Daeun, ¿qué dices? ¡No sabía que te tomabas los sentimientos tan a la ligera! –exclamó Sanghoon exagerando, con un tono dramático de telenovela.

Probablemente terminaría derrumbándose sobre la mesa después de un par de cervezas. Así acababan la mayoría de las veces sus peleas y no-peleas. Yeonseo bebía tranquilamente mientras los observaba con una sonrisa y adoptaba el papel de oyente, como siempre que se reunían.

Cuando al rato Sanghoon apoyó la cabeza en la mesa, Yeonseo y Daeun salieron a tomar un poco el aire. Estaban en una zona universitaria: la calle seguía llena de gente a pesar de lo tarde que era.

–¿Cómo vas con lo que estabas haciendo? –le preguntó Daeun después de dar una calada al cigarrillo que se había encendido.

A Yeonseo le sorprendió que se acordara de algo que le había comentado de pasada. Dudó un instante antes de responder, llevándose las manos a las mejillas enrojecidas por el alcohol y la brisa nocturna.

—Es complicado, pero estoy contenta. Es entretenido. Y es lo que quería hacer…

—¿Sí? —respondió escueta con la mirada al frente.

Ambas se quedaron mirando un rato en la misma dirección sin decir nada. Riadas de gente pasaban delante de ellas. Había un par de universitarios montando una escena: uno de ellos se tambaleaba borracho y su supuesto compañero de clase intentaba mantenerle recto. Varias parejitas caminaban de la mano en lo que parecían ser sus primeras citas. La mirada de Yeonseo se posó en un grupo de chicas mientras se preguntaba cuánto tiempo debían de llevar siendo amigas.

—Piensas mucho —dijo Daeun por fin.

—¿Cómo?

—Incluso ahora. Antes estabas pensando en qué responderme, ¿verdad? Porque si decías que te iba bien sonarías arrogante, pero si me contestabas lo contrario, yo me preocuparía. Así que al final me has dicho que estás contenta con lo que haces. ¿Qué puedo replicar yo a eso? —Yeonseo se quedó mirándola sin decir nada mientras Daeun contemplaba el humo disolviéndose en el aire—. ¿Acaso no es lo normal estar feliz con algo que uno deseaba hacer?

Bañada por la luz de carteles y farolas, los colores favorecían la alta y esbelta figura de Daeun. Parecía una modelo de pasarela, una actriz rodando una escena en solitario. Rojo, verde, azul... Los focos iban cambiando de tono y Daeun absorbía con naturalidad cada uno de ellos hasta que no quedaba rastro del color original.

–Todos tenemos preocupaciones, ¿no?

Tras aquel comentario tan abstracto volvieron a la mesa y continuaron bebiendo. Sanghoon se había despertado y seguía con su cantinela, rogándole que volviera a la empresa. Daeun respondía cada vez más cortante, aunque en el fondo ella también quería que volviera. Yeonseo se limitaba a sonreír y a dar respuestas cortas como «ah», «sí», mientras asentía.

Cuando se despidió de sus amigos, de vuelta a casa, su madre la llamó. Había pasado un mes desde la última vez que habían discutido por teléfono. En cuanto escuchó el ruido de coches de fondo empezó a acribillarla con preguntas sobre qué hacía por la calle tan tarde. Yeonseo tuvo que inventarse la excusa de que había quedado con una amiga a la que no veía desde hacía tiempo. Eso la tranquilizó un poco, aunque luego regresó con su retahíla sobre si estaba buscando trabajo. Yeonseo ya le había contado que quería dedicarse a escribir; le había costado mucho decírselo, pero ella seguía actuando como si nada. Igual que siempre.

Por el tembleque en su voz, su madre parecía al borde de otra de sus rabietas.

—Fuiste a una buena universidad, tenías un buen trabajo. ¿Qué te costaba seguir con eso en vez de darme tantos dolores de cabeza?

Distraída con la conversación, terminó perdiendo el último autobús y no le quedó más remedio que recorrer a pie el trayecto de treinta minutos de vuelta a casa, que se le hizo eterno. Ya se le había pasado el efecto del alcohol y solo sentía el frío en la nariz, que se frotaba una y otra vez con la manga del jersey. Estaba de muy mal humor.

Otra vez estaba frente a la librería. Había vuelto, tal y como había dicho que haría. Quizá era un poco pronto, teniendo en cuenta que la última vez casi había discutido con el hombre y que por último había acabado llorando. Abrió la puerta con cautela, nerviosa, y una campanilla tintineó con suavidad.

En el interior escuchó las voces de dos personas que hablaban en la trastienda. Reconoció la del dueño de la librería, mientras la otra pertenecía a un desconocido. Por el tono sonaban tajantes, incluso enfadados. ¿Estaban discutiendo? Decidió disimular hojeando los libros mientras intentaba contener la respiración.

El más irritado parecía ser el desconocido.

—No entiendo cómo te enteras de todo si te pasas el día encerrado en este almacén.

—Bueno, da lo mismo. ¿Es que tiene algo de malo?

Es como llevarse una ramita de un bosque. ¿Quién va a darse cuenta? Si tenemos en cuenta que conozco bien tus errores, ¿acaso no te conviene mi silencio?

—¡Puf!

—Y por enésima vez, esto es una librería, no un almacén.

Se hizo el silencio. Estaba claro que el desconocido se había quedado sin palabras. Yeonseo sabía por experiencia lo que era hablar con el librero; su forma de arrastrar las palabras, que extrañamente se entendían a la perfección, con una entonación suave pero irrebatible. Yeonseo había dejado de curiosear los libros de la estantería para prestar atención a la conversación.

El chasquido de algo rompiéndose, seguido de una furiosa exclamación, la sobresaltó.

—¡¿Es una amenaza!? ¿Me tomas por un criado que te anda trayendo cositas? Porque lamento decirte que estás muy equivocado. Por mí puedes ir a decirle al Juez del Inframundo que se busque un nuevo Emisario: a mí ya me cuesta moverme.

—«Emisario». Una forma muy digna de llamar a tu profesión.

—¡No empieces!

Un nuevo estruendo.

Yeonseo empezaba a plantearse intervenir. El librero podía ser alto, pero no parecía precisamente un luchador hábil, sino más bien alguien que podía acabar recibiendo una paliza. Mientras apretaba con fuerza el libro que llevaba en las manos, asomó la cabeza para ver lo que estaba pasando. El hombre violento hablaba ahora con voz más calmada:

–Vale, bien. Ya está. En realidad, este sitio es como mi casa. Lo que haga aquí no tiene nada que ver con mi trabajo. Además, ya nada podría ir a peor. Llevas razón. Pero dime: ¿por qué tan de pronto? ¿Qué te ha hecho cambiar? Con el tiempo que llevas aquí plantado sin hacer nada, ¿qué ha pasado?

Una suave ráfaga de aire nocturno recorrió los pasillos de la librería.

–No he cambiado. Siempre he… –comenzó el librero en un murmullo.

Yeonseo aguzó el oído para escucharle.

–¡Eres tú! ¿Qué haces aquí?

Estuvo a punto de dejar caer el libro del sobresalto. La niña de la última vez estaba a su lado mirándola con ojos curiosos mientras mordisqueaba un pastelito de arroz. Todo en ella era inofensivo, su mirada, su comportamiento, y aun así Yeonseo tenía la sensación de que la había pillado haciendo algo malo. Fingió hojear el libro que tenía en las manos como haría cualquier cliente en una librería.

De golpe, un escalofrío, de esos que se sienten al caminar solo por la noche o cuando te lavas el pelo en el baño, le subió hasta la nuca. Giró el cuello, rígido de nervios, mientras rezaba para toparse con el extraño librero. Pero no era él. Le pareció un tigre; cejas oscuras sobre ojos rasgados, labios apretados por los que apenas se le escapaba la respiración. Yeonseo apartó la mirada al instante y prefirió fijarse en la chaqueta de cuero negro que llevaba puesta. Todo en él era siniestro.

El hombre la observó con fijeza, escrutó con sus ojos de depredador a su presa y se metió las manos en los bolsillos de la chaqueta.

—Pues lo de siempre. ¿Qué tiene de nuevo? Nada por lo que merezca la pena esperar.

La aspereza de su voz la hizo tensarse todavía más y permaneció inmóvil con la cabeza ladeada. Sentía su mirada, unas frías cadenas a su alrededor que la anclaban en el sitio. Quería pedir ayuda, pero no le salía la voz.

Incapaz de soportarlo más, perdió el conocimiento. Fue como si algo la arrastrara hasta el fondo de un pantano. Agua, barro o lo que fuera le aprisionaba los tobillos, y el aire denso se le pegaba a la espalda. Ningún cuerpo humano podría resistir aquello, así que dejó de responder, envuelta en llanto. Cerró los ojos y se hundió en esa balsa irreal.

Un fuerte destello atravesó la oscuridad bajo sus párpados.

Yeonseo se hundió en el asiento, con las piernas temblándole. Abrió un momento los ojos y vio un rayo de sol recorriendo el suelo. Al siguiente parpadeo, un bastón dorado de punta afilada que recordaba haber visto adornando la pared, como si estuviera dormido plácidamente y envuelto en un aura misteriosa.

Sin embargo, ahora estaba atrapado entre los pies del hombre robusto y parecía más bien una lanza que advertía contra la intrusión de extraños. Las anillas que colgaban de sus extremos habían tintineado cuando se le había caído al librero de las manos y así había acabado ahí.

—Lo siento. Se me ha resbalado.

—Maldito descarado…

—Un arpón celestial para salvar a la humanidad a costa de destruir el infierno. Es preciosa… —Cuando el hombre la recogió y el objeto se le quebró en la mano, el librero sonrió satisfecho—. Y una imitación.

—No te pases, pedazo de zoquete. —El hombre se abalanzó sobre él para agarrarle del cuello y estuvo a punto de darle un puñetazo.

Una vocecita le detuvo. La niña, que seguía con su pastelito de arroz, se había detenido frente al hombre, que le triplicaba la altura, y lo señalaba con el dedo.

—Los clientes tienen que portarse bien, Oscurito —dijo con una voz tan solemne como su expresión.

Se había referido a él con un apodo cariñoso que no acompañaba ni en broma a su aspecto feroz. Pero, por lo que fuera, al hombre le cambió la cara y decidió no golpear a nadie. Solo le lanzó una mirada desafiante a la niña tras soltar el cuello del librero y se dirigió a la entrada. Al pasar por delante de Yeonseo, a ella le llamó la atención la enorme cicatriz que tenía en el tobillo izquierdo, como una marca de dientes afilados muy muy similar a la que tenía el protagonista de la historia que le habían contado. Era inquietante. Aún parecía dolerle, porque cojeaba al caminar.

Pero no era momento para preocuparse por algo así. Solo cuando escuchó el portazo consiguió relajarse y se permitió tomar una bocanada de aire y suspirar. Temía caerse si intentaba levantarse. Notaba el corazón a mil por hora y respiraba entrecortadamente. Se presionó el pecho y logró estabilizar el temblor de sus manos. Así era como solía hacerlo.

Cuando una mano apareció tendida ante ella, levantó la cabeza. Sus ojos se encontraron con los del librero y con una sonrisa que parecía dibujada en el lienzo que era su rostro.

–Has venido. Te estaba esperando.

Acabó sentada a la misma mesa de la última vez. Al parecer se había desmayado después de tropezarse en la oscuridad. Envuelta en una manta calentita, Yeonseo escuchó su explicación: en momentos de estrés a veces nos llevamos esas sorpresas. El hombre le había sentado encima a la niña y le había explicado que el calor corporal ayudaba a tranquilizar. Ante una explicación tan elocuente, de nuevo Yeonseo no pudo más que asentir. Lo cierto fue que sí que tuvo efecto, porque consiguió recomponerse mientras la niña estaba distraída en su regazo. Además, la manta era muy suave y calentita.

Frente a ellas, el librero hojeaba un volumen. Lo manipulaba con el cuidado y la naturalidad deliberada de un experto que tratase con una obra maestra. Yeonseo se preguntaba cuántas historias contendrían aquellas páginas y estuvo a punto de pedirle que le leyera algo, pero él se adelantó.

—Como la historia no te gustó, pensaba que no volverías.

—Ah, pues… —vaciló, incapaz de darle la razón.

Habían pasado unos quince días desde su última visita. ¿Se había quedado él dándole vueltas todo ese tiempo? Yeonseo sintió un poco de lástima.

—Yo también estoy contenta de que hayas venido. El último cliente era demasiado viejo para poder sentarme encima —comentó la niña.

Parecía que los clientes que visitaban la librería tenían edades muy diversas. Yeonseo le dio un achuchón a aquel cuerpecito sentado en su regazo y la niña dejó de jugar para mirarla con una sonrisa satisfecha. Era adorable.

En el centro de la mesa, de un pequeño incensario emanaba un aroma refrescante y tranquilizador a la vez. El humo se elevaba en una, dos, luego tres volutas y al final otra más, hasta formar una cascada invertida. A través de él se dibujaba el contorno de aquel hombre mirando impasible el libro. Serio, frío, con el ademán de quien ha hecho lo mismo una y otra vez.

Yeonseo ladeó la cabeza con curiosidad para ver con qué mano pasaba las páginas.

—¿Alguna historia que te apetezca? ¿Qué género?

¿Sabía él lo que contenía el libro? La expresión del

hombre se mantuvo seria pese a la perplejidad de Yeonseo. O tal vez estaba expectante, preparado por si volvía a alterarse como la vez anterior. Ella no quería que se sintiese culpable. ¿Había vuelto por esa razón? Comenzó a hilar sus pensamientos.

Quería llenar un vacío que siempre había estado en su corazón. Normalmente lo intentaba con cualquier libro o película, pero ya no le quedaban fuerzas. Las hojas pesaban, las imágenes eran demasiado vívidas. Y en aquel momento, el recuerdo de aquella librería había traído consigo una voz pausada, profunda. Una historia contada en medio del silencio. Quiso cerrar los ojos y hundirse en un mar de palabras. Era el impulso lo que la había llevado hasta allí.

Esta vez prefería evitar un final que la entristeciese. Lo que quería era... Fue planteándose las opciones hasta que se le ocurrió cuál era la historia que necesitaba. Era una que no solía gustarle, pero sentía curiosidad por saber qué le contaría él.

Finalmente, pronunció las palabras mágicas:

—Con final feliz... ¿Hay alguna así?

La pregunta parecía cercana a la realidad. La pequeña se giró hacia ella sobre su regazo con la intención de rechistar, pero el librero respondió de inmediato:

—Por supuesto que sí.

La niña que nació en las estrellas

La niña despertó en la tierra yerma. Se estiró como haría un recién nacido y enseguida buscó con qué ocupar su libertad. A su alrededor, todo lo que alcanzaban sus ojos era una extensión de tierra grisácea. Ni un ápice de color se escondía en aquel aburrido paraje.

Necesitada de compañía, la niña empezó a hacer bolas de barro. Cuando ya tenía unas diez hechas, todas colocadas en hilera en el suelo, estas comenzaron a inflarse hasta tomar la forma de unos sapos con bocas enormes que rodaron a su alrededor. Bailaban y su baile la entretenía tanto que decidió dejarlos ser un poco más. Unos trescientos años más.

Quería enseñarles a hablar. Sentada frente a la hilera de sapos, intentó adiestrarlos en pronunciación de la mejor forma que supo, pero no tenían mucha capacidad de aprendizaje. Solo sabían croar y emitir algún que otro gorjeo. ¿Cómo iban unas criaturas con la boca desgarrada de lado a lado a ser capaces de decir «a»? Cuando a la niña se le acabó la paciencia, los echó a todos. Eso sucedió al cabo de quinientos años. A los ochocientos, cuando ya había dejado de jugar con ellos, se dio la vuelta.

En el cielo había una estrella azulada y redonda como la tripa de un sapo al croar. Atravesaba la oscuridad una vez al día y la niña se detuvo a verla ascender y descender por lo menos seis mil veces antes de sentarse para verla otras ocho mil ocasiones más. Era su único entretenimiento en medio de la nada.

Al cabo de otro milenio, algo le susurró al oído. Provenía de la estrella azul. Murmullos de otro lugar, otro tiempo, otra gente. Personas sin rostro, to-

esté repleta de alegría, mi pequeña y linda diosa –respondió ella con una sonrisa.

Después de aquel encuentro con la anciana, la niña abandonó el bosque y vagó por el mundo. Los habitantes de la estrella azul seguían teniendo muchos deseos: bienes, poder, juventud... Cosas fáciles para ella. Los humanos estaban encantados con los milagros de la diosa. Deseaban, anhelaban, ansiaban, llenos de ambición. Conseguían todo lo que querían, pero no eran felices. Mientras, ella seguía conociendo a gente y preguntándose el porqué de su desdicha.

Cientos de años más tarde, la niña salía sola de un palacio. El hombre que requería su ayuda buscaba venganza; quería matar al tirano que había acabado con la vida de su amada esposa. Había capitaneado toda una rebelión y por fin, tras cumplir su deseo, se había suicidado.

«¿Para qué había querido vengarse entonces?», pensó la niña cuando todo acabó. No era divertido ni sabroso como los granos de la cebada. Para ella, los humanos no eran mejores que los sapos. Tan insignificantes, tan efímeros. Era mejor bailar, cantar y vivir. Disfrutar del aroma fresco de las flores y saborear la dulzura del alimento. Pero jamás había conocido a alguien que viviera así en esa estrella. Los humanos habían resultado ser más aburridos de lo que esperaba.

Caminó un buen rato hasta llegar a un bosque de bambúes, completamente nevado en pleno invierno. Las hojas mecidas por el viento susurraban en el silencio. Allí no parecía haber nadie ni tampoco daba la impresión de que lo fuera a haber alguna vez, al igual que el hogar que había abandonado hacía ya tanto. La niña se tumbó allí a dormir durante mucho tiempo.

En medio de un profundo sueño le llegó un olor dulzón y apetitoso, una comida irresistible que le hizo abrir los ojos. Escudriñó a su alrededor. Allí había un hombre enorme, del tamaño de un oso, con la cara desfigurada como si se la hubiesen moldeado con arcilla al nacer.

La hambrienta niña se acercó a él persiguiendo aquel olor y, al percatarse de su presencia, el grandote se encogió un poco, como si tuviera miedo. Pero ella siguió aproximándose olisqueando el aroma proveniente de la bolsa que llevaba atada al cinto.

—Oye, eso huele de maravilla.

El hombre dudó y después abrió la bolsa, que contenía pastelillos de arroz y miel envueltos en papel. En cuanto vio aquella cosa viscosa y brillante, la niña preguntó si podía probarlos. Él asintió varias veces, quizá demasiadas. La niña dio un mordisco a uno de los pastelillos, que era del tamaño de su mano, y tan pronto hincó los dientes en aquella cosa tan blandita, de la abertura salió un relleno delicioso. Masticó primero las aceitosas semillas de sésamo y luego le llegó el dulzor de la miel, que estuvo muy lejos de resultarle empalagoso. Por último, notó un regusto a canela.

Era delicioso. Lo más salado y dulce a la vez que había probado nunca. Y eso que los humanos le habían agasajado con todo tipo de manjares, pero no había nada que se le igualase. Le recordaba lo que había sentido cuando llegó a aquella estrella y probó la fruta por primera vez. Un recuerdo inolvidable que estaba reviviendo en ese preciso momento.

Después de comerse unos cinco o seis pastelillos sonrió satisfecha. Debía pagarle algo al hombre. Un tesoro en oro y plata, tal vez, algo mucho mayor que todos los pasteles que se había comido. Estaba segura de que cualquiera estaría encantado de recibir tan solo el doble de aquella recompensa. Así, le indicó al hombre que regresase a casa porque allí encontraría un regalo y él abandonó el bosque algo confundido por sus palabras.

La niña bostezó y se acomodó en una roca. Al girarse, encontró a su lado la campanilla de oro. Le pareció que antes la había oído y recordó las palabras de la anciana, pero no sintió ningún peligro cerca. Seguía contenta por el dulce y se encontraba tan relajada que sus ojos se cerraban por el sueño.

El hombre no tardó mucho en volver. Ella se incorporó, desconcertada, pues debería haber estado pletórico y tirando monedas de oro aquí y allá. Debería haber estado regocijándose en la abundancia gracias a sus pastelitos de arroz. O al menos eso creía.

¿Por qué estaba así? Las lágrimas le rodaban por las mejillas y tenía la frente empapada en sudor pese a ser invierno. ¿Sería como el resto de humanos? ¿Regresaba en busca de más, de mucho más, de algo todavía más valioso? De ser así, entonces era otra persona aburrida y predecible más. La ira tiñó la mirada de la niña.

–Este no… no es el regalo que quiero –balbuceó él, atorado por la sucesión de palabras, que había escupido como lo haría un niño pequeño.

–Dime qué quieres. Pero, cuidado, la avaricia podría traerte desgracias en lugar de bendiciones. Cuéntame, pues: ¿qué deseas?

Las palabras de la niña le hicieron llorar aún más. Cualquiera que lo viera habría pensado que era patético, lloriqueando delante de una niña a la que doblaba en tamaño. Cada intento por hablar retorcía su rostro de forma antinatural. Era cuando menos extraño, lamentable. Tiempo después descubrió que por eso lo llamaban el Fantasma salido del Mismísimo Infierno.

El hombre se secó las lágrimas con brusquedad y se plantó ante ella, que lo observaba en silencio con ojos expectantes, un par de joyas cristalinas que destellaban a la luz del sol. Uno frente al otro, jade blanco y monstruo de arcilla.

Se miraron fijamente unos segundos. Él parecía no encontrar las palabras para expresarse y ella esperó, pues el tiempo no era nada para la niña. El fantasma cerró los ojos, inquieto, como si quisiera asegurarse de que no se trataba de una ilusión. La mayoría de niños habrían gritado y llorado con solo mirarle, pero, para ella, él no era más que un sapo innecesario. Por eso seguía allí cuando este abrió los ojos y no se inmutó cuando le agarró las manos y volvió a llorar.

–Quiero… ser tu amigo.

Apenas se le entendía entre sollozos, pero la niña tenía buen oído y lo comprendió. Abrió mucho los ojos a causa de la sorpresa. Nadie le había pedido que fueran amigos. Nunca. En más de mil años. Así que lo pensó un momento y asintió.

Por fin, la primera persona interesante que había conocido en aquella estrella.

El hombre hablaba y se movía con lentitud, pero la niña era paciente y disponía de mucho tiempo. Siempre que ella tenía hambre, él le traía pan, bayas, y algo de beber. Eran totalmente opuestos, pero se llevaban bien y se divertían juntos cada día en el bosque.

Una noche se quedaron hablando largo rato. Él le contó que, tras morir su madre, que era la única familia que le quedaba, se había construido una casa en la ladera de una montaña a kilómetros del pueblo. Quería vivir entre la gente, pero las personas lo detestaban, se asustaban solo con verle. Hasta llegaron a inventar rumores de que se comía a los niños.

Pero ese hombre feo y tontorrón solo quería tener amigos, por eso seguía paseando por el pueblo. Por mucho que le lanzasen piedras cuando aparecía por allí, no se rendía. Seguía preparando pastelillos de arroz tal y como su madre le había enseñado. Los envolvía con sumo cuidado y los guardaba en el bolsillo por si tenía la oportunidad de compartirlos con algún nuevo amigo. Continuaba esperando a que ese día llegase.

Mientras le contaba todo eso, jugueteaba nervioso con los dedos, como si le costase hablar de ello. Luego, le preguntó a la niña dónde estaba su casa y ella inclinó la cabeza pensativa. ¿Tenía algún sitio al que llamar «hogar»? Recordó las palabras de la anciana y la estrella en la que había nacido. Señaló el cielo, aquel lugar abandonado.

—Vivo allí, muy lejos —dijo apuntando a la luna llena en medio de la noche—. Ha pasado bastante tiempo desde que me fui y apenas lo recuerdo. Sé que era un lugar tranquilo, aburrido y lleno de polvo en el que siempre hacía frío. No había nada interesante… Aunque la estrella azul se ve muy bonita desde allí.

Él le preguntó si podrían ir juntos algún día y ella asintió con una sonrisa. «Quería ver la estrella con él», le dijo. La había visto miles de veces, pero nunca con alguien, y eso lo convertiría en algo nuevo. Las palabras de la niña hicieron que los ojos del hombre se llenaran de lágrimas y dibujaran una mueca en su rostro. Una sonrisa, tal vez.

A mitad de la noche, cuando él regresaba a casa, la

niña se quedaba sola en el bosque. Aunque ahora tenía un amigo, todavía había momentos así. Momentos a solas, de pararse a escucharlo todo alrededor y de quedarse dormida en plena naturaleza envuelta en el silencio. La diferencia era que, sabiendo que tenía a su amigo, momentos como aquel cobraban un mayor sentido. Con la brisa, el olor a hierba fresca y la impaciencia de que amaneciese, al fin se quedó dormida.

En ese momento, la campana emitió un tintineo agudo y estridente, una advertencia que no se parecía a nada que hubiera oído antes. Abrió los ojos; pájaros y mariposas revoloteaban a su alrededor, inquietos. Se levantó y se adentró en el bosque de bambúes.

En la oscuridad.

Había alguien más en la montaña.

Los deseos no suelen cumplirse solo por pedirlos, pero los humanos son devotos a sus dioses. Si rezan con todas sus fuerzas, puede que una deidad errante los escuche y les conceda su deseo. Claro que los deseos también podrían tomar un camino equivocado, porque los dioses no siempre entienden de criterios humanos.

Y luego está el destino. El hilo con el que todos nacemos, la hebra donde los dioses han escrito alegrías y penas, relaciones y el tiempo de vida de cada persona. Así vivimos, moldeados por el cielo, y así morimos. Aunque haya quien nace con menos fortuna, todos nacemos igual. Nada por lo que alegrarse o entristecerse, todo depende del destino.

El hombre estaba destinado a morir, y murió.

Sabían que la gente llevaba tiempo cotilleando sobre su aspecto, creando un sinfín de malentendidos y temores, una brecha insalvable. Pero las cosas se descontrolaron cuando comenzó a correr un nuevo rumor sobre que se había encontrado con un demonio y que tenía un tesoro guardado en casa.

Todo aquello coincidió con la muerte accidental de un niño del pueblo. Por supuesto, la madre de la criatura culpó al hombre, que ya era conocido por todos como «el fantasma devorador de niños», y la gente del pueblo se puso en marcha esa misma noche, llevados por la ira y la codicia, en busca de venganza y del honor de acabar con aquel fantasma.

Lo asesinaron al poco de despedirse de la niña. Otras divinidades habrían predicho su destino, pero no aquella diosa amiga suya con la apariencia de una niña tan linda como un conejito. Ella no tenía tal capacidad, lo único que sabía hacer era conceder milagros.

La niña salió del bosque y divisó un grupo de humanos a lo lejos. En la oscuridad distinguió algo en las manos del que iba al frente. Algo pesado, una especie de bolsa. Solo cuando subieron el sendero y la luna lo bañó todo con su luz, vio con claridad de qué se trataba. Era la cabeza del hombre fantasma, alzada entre vítores como si fuera un botín. Otros tenían en sus manos el tesoro que ella le había dado a su amigo y celebraban dichosos la muerte del malhechor.

Los observó inexpresiva. Muchos humanos habían pasado por su vida y le habían dejado numerosas despedidas. Pero aquella vez era diferente. Los ojos abiertos del hombre, azules, estaban sin vida. Avanzó atraída por ellos y se detuvo en medio del camino. Los humanos se quedaron petrificados al verla y reconocieron por instinto la enormidad de su presencia, la sensación de que podría hacerlo explotar todo en cualquier instante.

El viento llevó la cabeza rodando hasta sus pies, y la chica lo recogió y le cerró los ojos.

–Gracias. Yo también os he traído un regalo.

Los ojos de la niña emitieron un brillo carmesí y todos los allí presentes murieron de inmediato. Cabezas separadas de sus respectivos cuerpos, un terrorífico vendaval de sangre. Regalos como el que la niña sostenía en sus manos rodaron por el suelo.

De vuelta al bosque estrechó con fuerza entre sus brazos la cabeza de su amigo. Los muertos no regresan. Es una regla universal que ni siquiera los dioses pueden cambiar. Daba igual lo que hiciese la niña, su amigo no regresaría a la vida.

–Quería seguir jugando contigo –le susurró al oído.

Como era de esperar, no obtuvo respuesta. Lo repitió varias veces en voz muy baja, por si acaso el mundo la escuchaba. Su amigo seguía sin responder. Entonces volvió a recordar a la anciana y su condición de diosa creadora. Ella podría tener una respuesta, así que fue a buscarla y la encontró allí, en el mismo sitio, como si hubiera estado esperándola.

Al verla, la niña rompió a llorar.

–¿Qué ha pasado? Te advertí de que no entregaras tu corazón a los humanos, de que acabaría mal. Su alma hace tiempo que partió y debe haber cruzado las puertas del Más Allá. Es una pena, pero ya están cerradas y no hay forma de que vuelvas a verle. Hace tiempo existía una manera de pasar, pero ya no la hay. Ni siquiera los dioses podemos hacer nada al respecto.

La niña se secó las lágrimas y de ellas surgieron en la tierra húmeda unos brotes de cebada.

–¿Quieres volver a verle?

La niña asintió sollozando. Entonces, la anciana se levantó con la agilidad de un pajarillo a pesar de su edad. Se acercó a ella y, a cada paso, iba cambiando. Su espalda curvada se fue enderezando, y su pelo cano y marchito se alisó hasta cobrar vida. Desaparecieron las arrugas y los dientes volvieron a ser impecables.

La anciana, ahora joven, sostuvo la mano de la niña entre sus suaves y lisas manos. Juntas ascendieron al cielo, donde nebulosas y estrellas se extendían en el abismo. La mujer alzó la mano para agarrar la luna como si de una nuez se tratase y, con ella en las manos, dijo:

–Si nadie puede volver del Inframundo, ¿qué puedo hacer? –se preguntó y permaneció largos segundos pensativa–. Ya sé, le daré otra vida. Dejaré que su alma circule por los tres mundos como una flor marchita hasta que crezcan nuevas semillas.

Un haz de luz dorada dibujó el contorno de la luna sobre su mano hasta formar una especie de rueda y luego se elevó hacia el cielo, muy arriba. Lo que regresó a su mano fue algo parecido a un cuenco, que se extendió como un lago y lo llenó todo de luz. La rueda creció hasta abarcar todo su campo de visión.

–Colocaremos las almas humanas en esa rueda. Así girarán, repitiendo vida y muerte. No podrán recordar sus vidas pasadas, pero volverán a encontrarse con aquellos que los echan de menos. Así sea, una vez cada mil vidas.

La mujer miró a la niña con una sonrisa encantadora.

–¿Quién eres en realidad? ¿Por qué me ayudas?

–Soy Mago, la diosa creadora. Todo mi amor me otorga mi poder. ¿Y por qué te ayudo? Está en mi naturaleza, he creado todo lo que hay en este mundo. Pequeña y dulce niña, diosa benevolente, ahora deberás aguardar mucho tiempo hasta que se produzca vuestro reencuentro. Será una espera larga y tediosa, pero conocerás a alguien que te cuidará. Entretente escuchando sus historias para pasar el tiempo. Ojalá nunca te canses de esperar, ojalá que nunca vuelvas a sentirte sola.

Al acabar la historia, del incienso solo quedaban las cenizas y una calma silenciosa reinaba en toda la librería. Yeonseo estaba un poco harta; el librero no parecía entender el significado de un final feliz.

—Pero ¿no se suponía que el desenlace iba a ser feliz? Porque esperar sin más no puede considerarse felicidad. Lo sería si se reencontrasen y vivieran juntos para siempre —comentó Yeonseo con voz cansada.

Simple. Claro y conciso. Eso era un final feliz. Porque ni siquiera ese era el final de la historia. ¿Y qué sería de la niña? ¿Volvería a quedarse sola vagando por ahí? Igual que la diosa creadora. Habría sido mejor traer de vuelta a su amigo. El amor no son solo palabras, también se trata de demostrar cosas.

Yeonseo volvía a estar de mal humor. Solo había querido distraerse y ahora estaba otra vez dándole vueltas a todo, rumiando en su cabeza hasta que el librero volvió a hablar.

—¿Por qué no crees que es feliz? Él renacerá con un nuevo cuerpo y ella podrá reencontrarse con su amigo. Los humanos tienen la oportunidad de volver a ver a sus seres queridos, aunque sea por casualidad. —Desvió la mirada y chasqueó la lengua con la mandíbula tensa y el gesto preocupado. Finalmente sonrió—. ¿No son así todos felices?

La conclusión del hombre la dejó sin palabras, pero luego recuperó la compostura.

–No considero que la reencarnación sea ninguna bendición –respondió con calma–. Porque vivir…, bueno, no es fácil… De hecho, aunque vuelvan a encontrarse, ¿serán felices? Lo dudo. Además, se supone que la reencarnación borra los recuerdos. Puede que no lleguen a reconocerse nunca.

–¿Eso piensas? –preguntó él un poco más seco que de costumbre.

El libro emitió un ruido sordo cuando lo cerró el librero, quien se inclinó ligeramente hacia ella, haciendo crujir la mesa bajo su peso. La miró con curiosidad, con los ojos penetrantes y la mandíbula apretada.

Solo se oía el tictac del reloj de fondo. Hasta que Yeonseo rompió el silencio.

–¿Qué pasa?

–O sea que, como no se recuerdan, no estarán contentos de verse.

–Exactamente. ¿Cómo podrías alegrarte o entristecerte por algo si no recuerdas nada?

–¿Y qué ocurre con la persona que ha estado esperando?

Yeonseo supuso que se refería a la niña, así que respondió sin preámbulos.

–Si fuera yo, preferiría conocer a otra persona y vivir feliz. El interés se pasa pronto, imagínate después de tanto tiempo. Es mejor seguir adelante.

Algo golpeó el suelo, un pastelito con forma de dónut que la niña había dejado caer. Yeonseo vio su expresión dolida, como si no pudiera creerse lo que ella acababa de decir.

Se sintió un poco mal. Los niños de su edad suelen ser muy empáticos, por eso es mejor no contar historias demasiado realistas o crudas delante de ellos. Al menos, eso era lo que siempre tenía en mente cuando escribía sus cuentos, pero en ese momento se había dejado llevar por la conversación. Esquivó la mirada de la niña y pensó que se disculparía más tarde.

La expresión en el rostro del librero era similar a la de la pequeña, lo cual la confundía. No esperaba que un adulto hecho y derecho pudiera verse igual de afectado. Cuando volvió a hablar, lo hizo con el peso de la tristeza en su voz, y a Yeonseo le pareció que estaba exagerando un poco.

—Tienes razón. No hay alegría ni pena en el olvido, solo frialdad. Y para la persona que está esperando sí que sería triste oír algo así.

Era absurdo. Yeonseo forzó una sonrisa que él le devolvió mientras limpiaba la mesa. La niña, con un mohín en los labios, se puso a recoger los pastelillos de arroz que se le habían caído.

—¿Quién esperaría a alguien como yo? —soltó Yeonseo de pronto.

De nuevo, silencio. Yeonseo casi pudo captar el momento exacto en el que él cambio su habitual semblante de sagacidad y se quedó mirándola con fijeza. Sin una sonrisa, sin lástima. Carente de emoción. Como quien mira un retrato colgado en la pared.

—¿Esa actitud de autodesprecio tiene que ver con lo que dijiste el otro día? Siento curiosidad por saber cómo será. Yo también he conocido personas así, que se dedican a hacer daño a la gente.

El brillo gélido en sus ojos, que siempre se habían mostrado amables, provocaba escalofríos. Parecía enfadado, y Yeonseo no sabía cómo relajar el ambiente, así que no replicó nada.

Entonces, la taza que él sostenía en las manos tintineó y derramó un poco de té. Chasqueó la lengua, fastidiado, y pidió disculpas con la sonrisa de vuelta. Acto seguido desapareció en la trastienda mientras anunciaba que volvería para limpiarlo y la niña le siguió, dejando a Yeonseo allí, sola y preocupada.

Acababa de presenciar como aquel hombre, que hasta ese momento había mantenido la calma, se dejaba llevar por las emociones. Unas emociones mucho más crudas incluso que las que Yeonseo había sentido la última vez. Sabía reconocer esa coraza para mantener a raya los sentimientos que no permitía ni la mínima fisura.

Pero ¿por qué el enfado? ¿Qué había hecho ella para hacerle estallar de esa manera? ¿Era por su falta de autoestima? ¿Por la frustración? Resultaba muy probable. Ya en la visita anterior había mostrado una mala actitud con sus gritos, llantos, acusaciones… y comprendió por qué le había insistido en volver. Le había dado pena al verla así, vagando sola por la montaña atrapada en su propio pasado, con las emociones a flor de piel y todos esos pensamientos autodestructivos.

Dobló la manta y la dejó sobre la mesa. ¿Habría sido

aquella historia un mensaje sutil? Qué incómodo. Y todavía le quedaba una pregunta sin respuesta: ¿por qué se preocupaba tanto por alguien que acababa de conocer? Ni que Yeonseo fuera una obra de caridad.

Cuando regresó, ella le dedicó una mirada inquisidora, como preguntándole sin palabras si tenía algo que decir.

—El hombre de antes también ha dicho lo mismo. Que no merecía la pena. ¿Cuánto tiempo llevabas esperándome?

—Supongo que desde que viniste.

—No me refiero a eso. ¿Nos conocemos de antes?

Solo después de hacer la pregunta fue consciente de la extraña sensación que había estado teniendo todo ese tiempo: *déjà vu*. La sensación latente de que ya se conocían. Como si él llevase observándola mucho tiempo.

Yeonseo se quedó mirando con fijeza lo escalofriante que era esa mirada turbada de párpados caídos. No había marcha atrás. A esas alturas, ya había dejado una fuerte impresión en ella. Y lo cierto era que le reconfortaba escuchar su cálida voz en una noche tan fría y no quería que aquello quedase en una simple relación cordial basada en la compasión.

Entonces él se apartó y sus pisadas se alejaron resonando en el silencio. Caminó frente a las estanterías pasando una pálida mano sobre ellas, mientras su figura lánguida contrastaba con la luz de la luna.

—Existe una historia sobre un hombre que vendió su alma al diablo por querer saber más del mundo.

Sacó el libro elegido y una ráfaga de aire entró en la estancia haciendo ondear las cortinas, que acariciaron los cachivaches que había posados sobre los estantes. La luz del techo se balanceó creando claroscuros a su alrededor.

El libro se abrió y el aire pasó las páginas hasta detenerse en una concreta. Línea a línea, el librero leyó un pasaje:

—«Si alguna vez digo ante un instante: ¡Detente, eres tan bello!, puedes atarme con cadenas y con gusto me hundiré...» —Se acercó a Yeonseo y alzó la cabeza, con la sonrisa medio oculta entre las luces y sombras de su rostro—. ¿Quieres saber más?

Podía ser una invitación o una advertencia. Pero la tensión que se respiraba en el ambiente le pesaba en los hombros y le hizo dudar: no sabía si debía seguirle la corriente. Se dio cuenta de ello en cuanto sus ojos se encontraron, igual de enigmáticos que la primera vez que los había visto en el acantilado. El azul de aquellos iris le resultaba familiar.

Estaba convencida de que algo escondían. Algo que quizá tuviera que ver con ella. Y allí parada en medio de la estrecha librería, frente a él, Yeonseo se sentía como un ratón ante una serpiente. A menor distancia, más se aceleraban los latidos de su corazón.

—¿Pretendes asustarme? Ni lo intentes, o puede que acabes fatal —dijo sin vacilar.

—Has cambiado de actitud —respondió dando un paso hacia ella, sin un atisbo de sonrisa en los labios.

–Es que tú…

Mientras trataba de dar con las palabras adecuadas, Yeonseo se fijó en aquellas largas y densas pestañas, en las comisuras de los labios ya curvados en una sonrisa traviesa. Y en el puente de su nariz, que rompía la armonía del rostro sin dejar de sumar a su belleza. Le vio entornar los ojos, satisfecho, y ese ínfimo gesto la hizo retroceder un poco y darse cuenta de que llevaba mirándole mucho rato. Hipnotizada, persistente.

Sintió rabia por su propia actitud, ¿es que ahora no tenía autocontrol alguno? Inconscientemente se tapó la cara con ambas manos como único recurso para escapar de la realidad lo más rápido posible. Oír la risa cristalina de él acrecentó sus ganas de marcharse. Ya había tenido suficiente como para que encima se riese de ella. ¿Y quién tenía la culpa de todo eso?

Solo cuando la risa cesó, bajó las manos y abrió los ojos.

–Esto ha estado fuera de lugar. Lo siento –dijo él con amabilidad, como queriendo mostrar que ya no estaba de broma.

Se había dado cuenta de que a Yeonseo no le había gustado por su gesto de disgusto. Entonces movió la mano señalando al frente y, disimulando una sonrisilla, la condujo durante un breve trayecto hacia la trastienda, una estancia pequeña que no estaba sucia, pero tampoco del todo limpia. Allí dentro, las paredes también estaban cubiertas de estantes y pilas de libros que ya no cabían en ninguna otra parte, además de un montón de cajas llenas de figuritas y antigüedades amontonadas en un orden que parecía a punto de derrumbarse al menor descuido.

Comprendió entonces por qué el otro hombre lo había llamado «almacén». Parecía la típica habitación de una persona muy vaga que intenta ser organizada.

–Ah, aquí está. –El librero cogió de encima del escritorio un par de rótulos comerciales; en uno había escrito 18-6 h y, en el otro, Abierto 24 h–. Después de pedirte que volvieras me di cuenta de que no te había dicho el horario de la librería. Antes abría de noche, pero lo cambié por si acaso venías a otra hora. Nunca lo había hecho. Por eso el hombre de antes, que es un cliente habitual, quería saber por qué había cambiado el horario. Se ha estado quejando de que eso es discriminación, que no debería esperar a un único cliente. Eso fue lo que escuchaste. Te pido disculpas en su nombre. Puede parecer un bruto, pero es buena gente.

Aquello podía ser una mentira plausible o una verdad cuestionable, pero Yeonseo asintió un poco a regañadientes porque no tenía nada que objetar.

–Tengo curiosidad por algo. ¿Qué te hace pensar que nos conocemos de antes? Es una afirmación muy directa para decírsela a alguien a quien acabas de conocer.

–Cuando te veo… siento una especie de *déjà vu*. Es raro, pero me da la impresión de que ya nos hemos visto alguna vez… –explicó Yeonseo, y por fin soltó la pregunta que tenía en mente–. ¿De verdad fue casualidad que subieras ese día al acantilado?

Él sonrió. Yeonseo se impacientó al no recibir una respuesta cuando por fin habló:

—Bueno, si se necesita casi una eternidad para reencarnarse y tienes esa sensación… ¿Será que nos conocimos en alguna vida pasada?

Aquella tontería le hizo perder la poca paciencia que le quedaba. Primero le había estado hablando en términos científicos y ahora le venía con el cuento de la reencarnación. Le exasperaba aquella forma de hablar suya tan ambigua.

Dejó escapar un suspiro. Se fijó entonces en el escritorio al fondo y que formaba parte de la pequeña zona de oficina. Destacaba por estar más limpio que el resto de las cosas a su alrededor. No había casi nada encima. Dicen que un escritorio representa el estado de ánimo de su dueño y ahora le parecía ver el mismísimo interior de aquel hombre.

Se acercó. Entre los pocos objetos que había encima, se encontraba uno bastante inusual: un pergamino de seda de aproximadamente un palmo de largo con un montón de caracteres antiguos escritos.

¿Todavía se usaban esas cosas? Curiosa, Yeonseo se inclinó para mirarlo de cerca. No tenía nada que ver con ella, pero se sintió atraída por ese montón de signos que no entendería por más que se empeñase. Solo unos trazos le resultaron al final familiares, pero le parecía que podría resolverlo, así que se inclinó un poco más.

—¿Te interesa?

La vibración de aquella voz tan cerca de su oído le

erizó la piel y le hizo dar un respingo. Se llevó una mano a la oreja afectada por el cosquilleo. Miró al culpable, que otra vez estaba haciendo de las suyas.

—Como clienta, siempre eres bienvenida. Puedes hacerme cualquier preguntar que tengas, las responderé todas —murmuró con cierta picardía.

Yeonseo entornó los ojos, sus mejillas coloradas como las de una muñeca debían ser algo digno de ver. El dueño de la librería se limitó a sonreír con la jovialidad refulgiendo en el azul de sus ojos.

Salió el sol, que se llevó consigo su curiosidad por el pergamino y le trajo ganas de volver a casa y descansar. Lo que fuera con tal de que aquel sofoco desapareciese. Se apresuró en recoger sus cosas y se dirigió a la entrada seguida por él, que parecía dispuesto a acompañarla hasta la carretera. Pero ella se negó. Le parecía una tontería, ya que caminar junto a alguien que la inquietaba solo la pondría más nerviosa.

En la entrada, Yeonseo se despidió con una inclinación de cabeza y se dio la vuelta. De pie frente a la puerta, el librero murmuró una petición al aire:

—Por favor, cuídala.

No quedó muy claro a quién se dirigía. De todos modos, Yeonseo no llegó a escucharle, concentrada como estaba solo en la idea de volver a casa. Oyó un crujido y, al girarse, lo vio apoyado en la puerta sonriendo con picardía.

—Vuelve cuando quieras. Te esperamos.

Señaló el cartel que acababa de colgar: ABIERTO 24 H. Yeonseo volvió a inclinar la cabeza para despedirse y por fin se fue. Él se quedó mirándola durante un buen rato con una sonrisa en los labios.

Entonces apareció la niña con el ceño fruncido.

—Ten cuidado. —Él apenas reaccionó a su breve advertencia, se limitó a sonreír en señal de aceptación. Y, sin apartar la vista del camino por donde se había ido Yeonseo, continuó—: Solo la salvé porque sabía que te afectaría si hubiera muerto en el acantilado, Seoju. Mantén la distancia que se os permite. Ya sabes lo que pasa con quienes desafían a los dioses.

Entraron en la tienda. Por el suelo de la librería quedaba un rastro de polvo amarillo de los pastelillos de arroz que la niña había estado comiendo. El hombre recorrió los pasillos haciendo un gesto con la mano y, a cada movimiento, el polvo iba elevándose en el aire y dispersándose como si fuera un haz de estrellas. El rasguño en el suelo que había dejado el bastón se enmendó como cuando las olas del mar cubren la arena en la playa. Así, la librería volvió a quedar impecable.

Solo entonces cogió el libro de la mesa y respondió a la pregunta de la niña.

—Lo sé. Pero me alegra que nos hayamos vuelto a ver.

Ella continuó mirándole con desaprobación.

—Eres un mentiroso. ¿Qué le pediste antes a Oscurito?

—Una cosa que quiero regalarle a la clienta. Hacía tiempo que no venía. Puedo decirte lo que es, por si también lo necesitas. Creo que es un regalo ideal para alguien que lleva mucho tiempo esperando.

La niña estuvo a punto de replicar algo ante esa explicación tan ambigua, pero acabó soltando un suspiro. Medía menos de la mitad que un adulto, pero lo hacía con la profundidad de una anciana que hubiera vivido miles de años.

Le dio la espalda para no seguir con la conversación y se marchó, frustrada. Al librero no pareció consternarle que ella, con lo pequeña que era, saliera sola a aquellas horas. Regresó al almacén cargando con los libros que había sacado, dispuesto a seguir con su trabajo. Allá por donde pasaba, los libros desordenados volvían a su lugar por su cuenta. Las ventanas se cerraban, las cortinas se corrían. Una a una, todas las luces fueron apagándose y la librería quedó a oscuras. Se adentraba en las profundidades de un mar cada vez más negro. Cuando llegó el turno de apagar la luz del escritorio, desvió su mirada un instante.

Se fijó en el pergamino que Yeonseo había estado curioseando, adornado con patrones redondos y dorados en la parte superior. Abajo se encontraba el contenido que no había sabido leer: una lista de nombres y fechas de nacimientos escritos en orden de derecha a izquierda como en una lápida familiar.

Deslizó el índice por el pergamino hasta identificar los caracteres que habían llamado la atención de ella, esos que había tratado de comprender sin éxito.

HEO YEONSEO

Su nombre y fecha de nacimiento.

Se quedó contemplándolo durante un rato con la cabeza ladeada, tanteando las posibilidades. Cuando apartó el dedo, sonreía.

La última luz se apagó.

—Espero que no puedas dormir esta noche —murmuró saliendo de la oficina a oscuras.

Aquellas palabras probablemente iban dirigidas a la clienta tan preciada que había llegado hasta él.

Capítulo 2

El jardín de lo inevitable

Aparentemente, las palabras que el librero había murmurado en la oscuridad surtieron efecto, porque Yeonseo soñó algo extraño aquella noche. Deambulaba por un frondoso bosque de árboles altísimos, mucho más de lo que deberían serlo. Un espacio que se escapaba de la realidad. Guiada por los rayos del sol, se abría camino entre ramas y hojas.

Apareció la librería, menos lúgubre a la luz del día, más mística. Conforme se acercaba, las paredes exteriores de madera pintadas de turquesa resplandecían con el sol, esmeralda pura que de noche había parecido solo musgo.

Sonó la campanilla de la puerta al abrirse, pero nadie salió a recibirla. Entró con la naturalidad de una clienta habitual, pasó frente al escritorio de recepción y se paseó entre las estanterías. A un lado del pasillo que conducía a la trastienda, al fondo, había una puerta rústica y desgastada por el tiempo con un pesado candado de hierro colgando en el centro.

Tiró del pomo y sonó un traqueteo. No se abrió, así que la dejó y entró por la de la oficina.

Lo encontró allí apoyado en el ventanal, un espejismo dormitando. Se acercó con cautela evitando las cosas amontonadas por la habitación, mientras el suelo crujía con cada una de sus pisadas. Al pasar junto al escritorio, un crujido más fuerte la sobresaltó. Pero él no se inmutó, ni siquiera cuando ya la tuvo delante, inclinada hacia él para poder apreciarle de cerca.

Su pelo, fino y claro, caía lánguido por encima de un cuello esbelto y de piel nívea, casi resplandeciente cuando la bañaba el sol. El pecho ascendía y descendía al compás de su respiración. Bajo una de sus manos había un libro, un poemario clásico que hablaba de la travesía de un poeta por el infierno. Yeonseo fue a cogerlo.

Y se encontró con su mirada.

Ojos cristalinos, ni rastro de somnolencia en ellos. Había agarrado su mano y tiraba de ella para atraerla hacia sí hasta que consiguió que se sentase en su regazo y se enfrentase a aquella mirada expectante.

De nuevo esa expresión. Ese brillo dulce y jovial, sediento a su vez. Exactamente igual a cuando la había arrastrado lejos de la criatura, a cuando le había pedido que volviera sin soltarle la mano. Todo pensamiento se detuvo cuando le tomó la cintura, por la fricción entre sus cuerpos. No se apartó, era un sueño.

—¿Qué haces aquí? —le preguntó, mirándole a los ojos.

—Esperar.

–¿A qué?

Él rio con la inocencia de su pregunta y le acarició la mejilla. Luego le susurró algo al oído, tan cerca que le provocó un cosquilleo y le hizo cerrar los ojos con el corazón exaltado. Seguía siendo un sueño, por eso no comprendió lo que decía, pero asintió como si lo hubiera hecho. De nuevo, una sonrisa con un pellizco de nostalgia. Parecía mucho más expresivo en sueños que en la realidad.

Le acarició el pelo con una mano, fría al tacto.

–¿Recordarás lo que te he dicho?

Sonaba distante y seductor al mismo tiempo, diferente a la voz tranquila que le contaba historias. Ella negó, la expectación le inundó el pecho y le pasó lentamente una mano por el hombro.

Sus miradas se habían cruzado y ahora se negaban a separarse. Intensas, feroces. Seguía acariciándole la mejilla con cierta nostalgia, como si fuese cosa del destino, como si llevase mucho tiempo esperando y por fin estuviese sosteniendo algo preciado entre las manos. Yeonseo estaba a punto de inclinarse, de rodear su cuello con los brazos, cuando el libro que estaba apoyado en el alféizar de la ventana se cayó y la dura cubierta golpeó la madera con un ruido sordo.

Despertó.

Permaneció un instante así, tumbada mirando al techo. Luego cogió el móvil para mirar la hora: las

12:20 h del mediodía. La noche anterior se había acostado pronto y, aun así, se había despertado tardísimo. Emitió un suspiro de hastío, se incorporó para beber agua y abrió la ventana para dejar que el aire fresco ventilase la habitación. Apenas le dio tiempo de notarlo porque fue directa a lavarse la cara con agua fría. Se enjuagó repetidas veces y se frotó con insistencia la frente, las mejillas, por detrás de las orejas, hasta que dejó de sentir que le ardían las sienes. Al incorporarse se encontró con el reflejo de su cara enrojecida y parpadeó con fuerza para sacudirse el agua de las pestañas y aclararle la visión.

¿Acaso sentía algo por él?

Quizá por eso le costaba apartarlo de su mente, por eso había vuelto a la librería. El calor regresó a sus mejillas y volvió a echarse agua fría.

¿Y por eso tenía que pasarse la mañana soñando esas cosas? Ni que fuese una adolescente. La invadió una oleada de autodesprecio y odio repentino hacia sí misma y su propia vida. Llevaba días sin dejar de pensar en él, se preguntaba qué estaría haciendo en aquella librería en medio de la nada. ¿En qué momento la curiosidad se había convertido en atracción? Horrorizada, se secó la cara y salió del baño.

Pero al cabo de poco tiempo, mientras se comía una manzana que había cogido de la nevera, volvió otra vez a darle vueltas. ¿Qué le generaba tanto interés? A sus veintinueve años no había tenido muchas relaciones, pero conocía bien sus emociones. Hacía tiempo que había dejado atrás la confusión de los primeros sentimientos.

Enfocó la mente para centrarse y analizar la situación, y las imágenes fueron tomando forma en su cabeza. La manera que tenía de pasar la mano por el lomo de los libros hasta dar con el elegido. Cómo rozaba la esquina de la página antes de pasarla, sin emitir sonido alguno. La suave sonrisa que acompañaba sus respuestas. La expresión indescifrable de su cara cuando le costaba negarse a algo. Cada vez que decía que la estaría esperando.

Yeonseo se pellizcó las mejillas hasta que le picaron. ¿Desde cuándo se había convertido en una acosadora? Su curiosidad rozaba la obsesión. Antes de que el hormigueo de sus mejillas desapareciera, ya estaba otra vez pensando en él, en lo que le había susurrado en sueños. Quería recordarlo, pero no llegaba ni a figurárselo siquiera, incapaz de distinguir las palabras, que ahora eran solo borrones de tinta en su memoria. Quizá le había dicho que la estaría esperando, igual que siempre.

Volvía a tener las mejillas encendidas.

Se pasó un rato dando vueltas por la casa y solo volvió a la cama cuando se sintió más tranquila. Sin embargo, fue tumbarse y las preocupaciones regresaron. «¿Qué estoy haciendo? No tengo un trabajo estable, no tengo dinero y no tengo buena relación con mi familia». No estaba en la mejor situación posible, por no decir que se encontraba, de hecho, en la peor. ¿Y él? Ese hombre... Pensándolo bien, poco sabía de él. Solo que se llamaba Seoju y era dueño de una librería. Esa era toda la información de la que disponía. Su única conexión: librero y clienta. ¿Cómo podía permitirse sentir algo por alguien a quien apenas conocía si ni siquiera sabía lo que iba a ser de ella en el futuro?

Siendo objetiva, no era el momento adecuado para el amor. Desde que había dejado la empresa para perseguir su sueño, apenas ganaba un millón de wones al mes, un sueldo con el que no podía permitirse un futuro ideal. Tampoco tenía claro lo que sentía por él ni tenía el valor para averiguarlo. Seguramente él solo la trataba bien porque era una clienta, de manera que era ridículo sentirse así. ¿Y entonces qué?

Recordó sus palabras: «¿Será que nos conocimos en alguna vida pasada?».

Justo cuando enterraba la cara en la almohada le sonó el móvil, que tuvo que buscar a tientas. Sanghoon, con su enérgico timbre de voz, fue directo al grano:

—Hola, Yeonseo. ¿Qué tal? Hay algo que no te pude contar el otro día...·¿Nos vemos?

La cafetería estaba casi vacía. Yeonseo había elegido un asiento de espaldas a la pared y estaba bebiéndose un capuchino frente a Sanghoon, que removía un té con leche. Hacía rato que había dejado sus bromas aparte.

–Voy a ser claro. El otro día estaba borracho, pero hablaba en serio.

Yeonseo parpadeó una sola vez, sosteniendo su taza. Como siempre estaba de broma, no sabía muy bien a qué se refería. Él se rascó la mejilla con una sonrisilla.

–Lo de querer verte en la oficina otra vez.

–Ah, eso.

No le había dado mucha importancia a aquello, teniendo en cuenta que siempre le decía que quería trabajar con ella. Simplemente era sincero. Yeonseo dio un sorbo al café con el ceño fruncido. Si se refería a la empresa en la que habían trabajado, tenía las de perder. No pensaba volver allí jamás, aunque dejase de escribir y tuviese que buscar otra cosa. Odiaba ese sitio porque la persona que la había acosado seguía allí.

–¡No me refiero a la empresa! –añadió rápidamente al ver su expresión ensombrecida–. Yo también me voy.

–¿Cómo?

Debido a la sorpresa quiso preguntar directamente por qué, pero se contuvo por cortesía y esperó. Él soltó una risita como si supiera lo que estaba pasando por la cabeza de Yeonseo.

–¿Sorprendida, eh? Ya te dije que llevaba tiempo queriendo montar algo y ahora es el momento. En la empresa solo estaba ganando experiencia.

Lleno de entusiasmo, le contó sus planes y cómo llevaba pensando crear un negocio de papelería desde que estaba en el instituto. Se le había ocurrido un día en clase y, aunque al principio lo creyó otra de sus tonterías, poco a poco había ido tomando forma en los garabatos de su cuaderno. Un cuaderno que solo le había enseñado a su compañera Daeun. De primeras, a ella todo ese asunto le había parecido fastidioso, pero con el tiempo había acabado añadiendo sus propias ideas en color azul.

Aquella colaboración había sido muy significativa para él. Daeun era más intuitiva, realista y metódica. Le había ayudado a traspasar sus ilusiones a la realidad. Escuchaba sus extravagantes ideas y luego las unía y recolocaba, porque sus ocurrencias estaban tan alejadas como los hemisferios. Siempre le maravillaba la forma en la que ella salvaba las distancias y las conectaba. Para cuando acabaron el instituto, el plan ya estaba totalmente estructurado.

—Pero entonces me dijo que aquello era una estupidez y que no volviese a comentárselo.

Había pasado una década desde entonces. ¿Ese es el tiempo justo que dura la confianza en otra persona? Yeonseo entendía la posición de Daeun. Solo Sanghoon parecía no comprenderla, decepcionado porque ella no hubiera reconocido su plan maestro. Murmuró algo de que no la entendía y luego sacudió la cabeza como si pretendiese librarse de aquellos pensamientos.

—Da igual, voy a hacerlo de todas formas —dijo con firmeza—. Aunque sea un poco antes de lo previsto. ¡Ya tengo un inversor! Y he firmado el contrato de alquiler de la oficina, dispongo de un diseñador y un especialista en *marketing*. Para empezar, seremos solo cinco o seis, y resultaría ideal si te unieras. Nos falta un contable.

Yeonseo se quedó atónita. Había imaginado que le ofrecería recomendarla para algún otro trabajo, no que fuesen socios en un negocio nuevo. En la empresa donde trabajaban, Sanghoon pertenecía al equipo de *marketing* y ella le había echado una mano más de una vez con problemas de presupuestos. Así se había ganado su confianza, y de ahí su oferta.

Antes de dedicarse a los cuentos infantiles se había dedicado a la contabilidad, cosa que no tenía mucho sentido más allá de que se le daban bien los números y tenía buena memoria. Había sido lo suficientemente buena para conseguir empleo en una gran empresa, y eso era lo que Sanghoon había visto en ella.

Él sacó un elegante sobre de su mochila y se lo tendió a Yeonseo. Dentro había un papel con un número que la hizo toser hasta el punto de casi atragantarse.

–Esto es lo que puedo ofrecerte ahora mismo.

Era algo menos de lo que cobraba en la empresa, pero era un punto de partida bastante digno en el que Sanghoon había puesto todo su esfuerzo. Tenía que barajarlo, no estaba nada mal.

Se trataba de una *start-up*. Y con Sanghoon como jefe, lo cual sería sin duda mucho mejor que su trabajo anterior. Solo recordar aquel lugar le daba dolor de cabeza; no por el trabajo, sino por las relaciones personales. Siempre surgen problemas cuando hay mucha gente. Una vez escapas de la vista de los demás, esos problemas desaparecen.

Sanghoon sabía cómo liderar un grupo. Era simpático con todos y a la vez disciplinado en su trabajo. Podía parecer un poco blando, pero tenía convicción y persistencia. No dejaría a nadie tirado en el camino. Nunca.

Sin embargo, ¿volver a tener un trabajo estable no significaba dejar de escribir? Evaluó rápidamente los casos similares que conocía: gente que trabajaba en empresas mientras publicaba sus novelas, las probabilidades de éxito, el tipo de historias que publicaban. No había una respuesta correcta, solo una cosa clara: escribir en casa sin ninguna otra ocupación no le catapultado al éxito. ¿Acaso lo lograría algún día? Siendo una escritora nefasta que ni siquiera sabía dar un final en condiciones a sus historias, lo dudaba.

—Lo sé. Te estoy pidiendo que cambies tu plan de vida por poco dinero, pero te ofrezco otra cosa más en contraprestación. Habrá un proyecto de colaboración con escritores noveles que puede que acabe siendo el centro del negocio. ¿Te gustaría ser la primera colaboradora? Llevaríamos la publicación a la vez que todo el tema de papelería y, a ser posible, trabajaríamos también en crear una marca de personajes. Por supuesto, todo esto no sería solo en condición de empleada, sino como escritora. ¿Qué te parece?

En resumen, era una oferta tentadora que le permitiría publicar sus cuentos de manera oficial. Una oportunidad inusual con comercialización garantizada, algo en lo que ya llevaba tiempo trabajando sin resultado. Necesitaba un cambio, una motivación.

Le gustaba la idea, pero le pidió algo de tiempo para pensarlo. Debía ser precavida antes de tomar una decisión como esa, que podría determinar sus próximos años de vida. Además, dudaba de sus propias capacidades.

Sanghoon soltó un suspiro de alivio por no haber recibido un rechazo directo.

—Suena raro que te diga esto, pero... ¿de verdad confías en mí? —preguntó Yeonseo con cautela.

—¿Eh? ¡Pues claro! La de veces que me has salvado la vida. Rapidez, eficacia: esa eres tú.

—No me refiero a eso...

—¿Me preguntas en tu faceta de escritora? —Sanghoon se rascó la barbilla, reflexivo—. Todavía me acuerdo de los textos que me enseñaste, y eso que estaba borracho cuando los leí. Me encantaron. —El día que Yeonseo dejó la empresa, quedaron y ella le enseñó algunos escritos en el móvil—. Me pasé días dándole vueltas. ¿Por qué me habían gustado tanto? Y entonces me percaté de que me recordaban a mi plan inicial. A la sensación de querer formar parte de algo en plena creación, a la ilusión de verlo terminado con mis propios ojos.

Su voz reflejaba sinceridad y algo más. Elogio o crítica, despertó una sensación de vergüenza en Yeonseo.

—¿Y qué pasa con Daeun? —por fin preguntó lo que le hacía sentir tanta curiosidad.

—¿Por qué la mencionas?

–Porque te gusta.

Sanghoon era fácil de leer. Lo sorprendió con la guardia baja y las manos entrelazadas en un gesto antinatural, como un robot estropeado. Tardó un rato en preguntarle cómo se había dado cuenta, y eso sí fue una sorpresa. ¿Quién no lo habría advertido? Siempre la seguía como un cachorrillo.

–Mmm… Daeun debería seguir en la empresa. Tiene futuro como líder de equipo.

–¿Estás seguro?

Su pregunta contenía matices. A Sanghoon le gustaba Daeun y parecía disfrutar trabajando a su lado. Sobre todo, no dudaba de su palabra. Tenían una gran confianza el uno en el otro. Ella significaba mucho para Sanghoon, por lo que suponía que este debía sentir miedo al dar un paso tan grande sin ella a su lado.

Sanghoon apretó la mandíbula, pensativo, y comenzó a hablarle del pasado.

–La conocí en el último curso de bachillerato. Íbamos a la misma clase de la misma academia, supongo que empezamos a llevarnos bien por eso. Un día vi de casualidad lo que había escrito como plan de admisión para la universidad. Veinte páginas. Y pensé… guau. Aquellas eran las expectativas de alguien que ha estado luchando por ser la primera. Era muy diferente de mí. ¿Quién piensa en su futuro de aquí veinte años? Luego fuimos a la misma universidad, ¿sabes? Y al graduarse hizo de nuevo otro plan. Lo vi de casualidad durante una reunión con un profesor. ¿Y qué hice?

—¿Lo miraste?

—¡Claro! En cuanto me quedé solo. Eran otras veinte páginas. Ni un espacio vacío. Al leer el principio me di cuenta de algo increíble —explicó con los ojos brillantes, los propios de un niño al recordar un momento feliz—: las diez primeras páginas eran exactamente iguales a las diez últimas que había escrito en el instituto. Exactas. ¡Letra por letra!

Sanghoon estaba emocionadísimo y Yeonseo solo podía asentir, metida en la historia como estaba; era una oyente fascinada.

Él siguió hablando hasta detenerse para hacer un inciso: las primeras diez páginas del plan de la Daeun del instituto ya se habían cumplido, mientras que las otras diez eran para la Daeun universitaria. Él había sido incapaz de seguirle el ritmo, pero le parecía impresionante que hubiera podido alcanzar todo lo que tenía previsto.

Entonces, con la voz impregnada de nostalgia, añadió:

—Y ahora, ¿cómo encajo yo en su vida?

Yeonseo no dijo nada. Por muy bien que se le diera leer a Sanghoon, en ese momento no consiguió descifrar sus emociones. Sonreía, seguramente por recordar los momentos que había vivido junto a ella.

Más de una vez había dicho que Daeun era una especie de póliza de seguros y que por eso la había seguido desde el instituto. Pero no era propio de él ir tras alguien a ciegas. Tenía una dirección en su cabeza y había decidido apartarse de Daeun para seguir su camino. Pero ¿cómo puede uno apartarse de alguien a quien ha querido y admirado durante más de diez años? ¿Cómo podía estar bien al hacerlo? Yeonseo deseaba que su amigo no renunciase a Daeun.

Sanghoon empezó a recoger sus cosas para marcharse.

—Bueno, me voy. Gracias por venir, Yeonseo. Te espero, así que llámame, ¿vale?

Dudó hasta que él se levantó y fue justo cuando Sanghoon abrió la puerta para salir que ella le detuvo. Su cara reflejaba sorpresa por el gesto repentino de ella.

—¿Vas a rendirte...? —preguntó con desesperación, sintiendo que era su última oportunidad de hacerle cambiar de opinión.

—¿Eh? ¿Rendirme?

—Llevas enamorado de ella desde que eras un chaval. ¿Y ahora lo vas a olvidar todo? ¿De verdad crees que eso es lo correcto?

—¿Cómo dices?

La confusión se reflejaba en su rostro. Yeonseo había alzado la voz y había llamado la atención de varios clientes que se habían girado hacia ellos. Sanghoon se dio cuenta, así que la llevó de vuelta a su asiento, donde ella se bebió de golpe el vaso de agua que aún estaba en la mesa.

—Oye, ¿segura de que estamos hablando de Daeun? —preguntó preocupado.

—Sí, yo...

Sanghoon siempre le reconfortaba. Ver el gran amor que sentía por Daeun había hecho que nunca hubiera dudado de que algún día acabarían juntos. Pero ahora él estaba dispuesto a renunciar a ese sentimiento después de tantos años. Y todo por culpa del trabajo. Era una lástima.

—No me gustaría que lo hicieras... No es fácil sentir eso por alguien.

No quería que dejase ir algo que le importaba y que quería tanto, solo porque la vida no era fácil. Sanghoon era mucho más fuerte que ella, ¿es que él no sería capaz de conseguirlo? Por muy tonto que sonara en voz alta, le dijo que no quería que dejase ir a Daeun tan fácilmente, que quería ver aquella relación salir adelante.

Él se puso serio. Sacó un cuaderno y un bolígrafo y dibujó una línea larga ascendente en una hoja en blanco.

—¿La ves? Esta es Daeun.

Luego dibujó una línea curva por encima. Podía ser la cresta de una montaña, un gráfico, un sombrero o, perfectamente, una boa tragándose un elefante. Sanghoon apartó el bolígrafo del punto donde la línea recta se unía con la curva y la señaló.

—Y este soy yo... Mi vida va arriba, luego abajo, sigo lo que quiero hacer. Es cansado de narices. Pero si no lo hago ahora, acabaré hundiéndome. Ah, y esto... A esto es a lo que quería llegar. —Señaló el punto donde las líneas se cruzaban—. Daeun y yo volveremos a encontrarnos. ¿Y sabes por qué? —Le aparecieron un par de hoyuelos en las mejillas—. Porque no voy a dejar de quererla.

Yeonseo se quedó desconcertada con aquella respuesta.

Después de despedirse de Sanghoon, Yeonseo se dirigió a una librería que se encontraba cerca del bar donde se habían reunido. Estaba en pleno centro y era enorme, abarrotada incluso entre semana. Al abrir la puerta la recibió un aroma fresco y artificial, que le hizo pensar en el contraste con el ambiente de la otra librería: mucho más denso y natural.

Yeonseo escudriñó las estanterías comenzando por los libros más vendidos. Clásicos que había leído durante su infancia y otros títulos de autores noveles. Caminar entre libros era como recorrer otro mundo. Le gustaba esa sensación de haber llegado a un lugar estable y permanente, igual que todos esos libros clásicos que seguían a la venta tras tantos años. Le transmitía calma.

Tras echar un vistazo, buscó un lugar donde sentarse y recordó la conversación que había tenido con Sanghoon, la forma tan natural en que le dijo que querría y esperaría a Daeun hasta que el amor tuviera cabida en sus planes. Aquello la había impactado, porque nunca había conocido a alguien que hablara de amor con tanta convicción. Yeonseo era incapaz de hacerlo, cobarde y asustada ante la mera idea de un flechazo.

Qué extraño resultaba ver los pensamientos de otra

persona con tanta claridad. Era algo maravilloso, asombroso. Deslumbrante. Le hacía cosquillas en el pecho y le susurraba que aquello que deseaba podía escapar de la ficción. Aunque no pudiera prometer amor eterno, podía vivir sin avergonzarse de sus sentimientos. Eso la motivaba.

Volvió a pensar en la sugerencia de Sanghoon, en lo que necesitaba en ese momento. Ante ella se presentó un escenario completamente nuevo. Necesitaba un plan y determinación: borrón y cuenta nueva. Valor para agarrar la mano que se le ofrecía. Lo tenía todo. No era difícil, no necesitaba ningún dios que concediera sus deseos.

Se levantó y fue a pedir algo a la zona de cafetería. Mientras esperaba que le sirvieran, se fijó en unos niños leyendo. Algunos estaban sentados en el suelo; otros, tumbados boca abajo. Los últimos probablemente acabarían con dolor de tripa. Yeonseo sonrió, recordando su propia infancia.

Salió de nuevo al centro de Seúl, iluminado por una gran cantidad de luces; aquellas que alumbraban los muros de piedra del palacio relucían como estrellas entre edificios grises. Le recordaron al dueño de la librería y a su camisa blanca bajo el anticuado *dopo*, permanente entre todo lo cambiante. Le gustaba ese tipo de obstinación solitaria.

De camino al metro, iba con una sonrisa en la cara. «Mañana a primera hora visitaré de nuevo la pequeña librería», pensó.

Justo en ese instante un anuncio en la pared del

metro apareció ante sus ojos: era de una agencia de publicidad, profesional, bien estructurada. Su antigua empresa. Yeonseo se detuvo frente al panel. No quería mirar, pero su cuerpo entero se había quedado rígido, incapaz de moverse.

En el anuncio aparecían entrevistas con los trabajadores intercaladas con escenas de la producción. No eran actores, sino empleados de verdad yendo de aquí para allá por el almacén, resoplando ocupadísimos. Ella misma había trabajado hasta altas horas de la noche muerta de sueño. Desprendía un cierto sentimentalismo fabricado, nada diferente a cuando ella misma formaba parte del negocio.

Se le paró el corazón al reconocer a uno de ellos. Aquel hombre, con un aspecto tan impecable como su traje, el mismo al que no esperaba volver a ver jamás…, allí estaba. En pantalla, sonriendo mientras le entrevistaban.

«Es difícil. Las cosas no siempre salen como queremos. Existen dificultades, obstáculos... Pero lo más importante es estar con la gente que quieres».

La toma final eran un grupo trabajadores riendo y hablando frente a la puesta de sol. Una escena cálida y reconfortante. Justo encima, el eslogan de la empresa: «Contigo, hacia una vida mejor».

Por último, un plano solo de él. Del mismo hombre que había estado atormentando a Yeonseo haciendo de su vida laboral y personal un infierno. Saludaba desde el interior de una pantalla a tamaño real, pero era como si lo tuviera cara a cara.

Le tendía un regalo envuelto en una cinta mientras decía: «Te queremos».

El pasado le pisaba los talones.

Caminaba sin rumbo por calles desiertas, entre tiendas apagadas e hileras de farolas. Empezó a lloviznar y, pronto, la lluvia le impidió ver con claridad. Tuvo que secarse la cara con la manga, pero siguió caminando sin saber dónde se dirigía. Solo se detuvo cuando pensó que se había perdido.

Se encontraba en el mismo lugar al que ya había acudido antes: la librería a ratos de musgo, a ratos esmeralda. Las carcajadas se le escaparon solas. Era como un ave migratoria en busca de un hogar. Volvía a aquella librería en los días más complicados y confusos.

Permaneció bajo la lluvia mirando el edificio. ¿Acaso siempre había estado allí? A la espera de clientes que pudieran llegar en cualquier momento, una boya en el mar balanceándose a la deriva donde nadie la encontraría. Si cruzaba esa puerta, ¿estaría él esperándola como le había susurrado en sueños?

La lluvia le inundaba los pensamientos. Ojalá pudiera decirle si acaso era lo correcto presentarse de nuevo así. Pero ante todo se preguntó a sí misma: ¿por qué volvía a ese lugar? ¿Qué quería de él? Sacar a relucir lo que sentía a veces la ayudaba a decidirse. Y lo que quería de él...

Claro. Consuelo, solo eso.

Estaba convencida de que era mejor no querer a nadie. Los finales felices no existen en la vida real. Acabarían rompiendo y alejándose, sufrirían y se harían daño mutuamente. ¿Qué necesidad había de intentar algo en vano sabiendo que acabaría mal? Como había dicho él, siempre es doloroso separarse de quien quieres.

Debía ponerle fin antes de que fuera a más.

Se dio la vuelta con esa idea en mente y la lluvia cayendo aún sobre ella hasta empaparla. Ni siquiera encogida y abrazándose a sí misma consiguió entrar en calor. Se detuvo. Solo tenía que contar hasta tres. Podía caminar en línea recta, no era difícil. Solo tenía que hacer lo mismo de siempre. Cerró los ojos y respiró hondo, mientras el aire húmedo llenaba su pecho, Yeonseo deseaba poder hundirse en un charco.

De repente, la lluvia dejó de caer. El golpeteo se desvaneció y sintió calor en la espalda, un cambio repentino que hizo que abriese los ojos. Un paraguas negro cubría el cielo, protegiéndola de la lluvia.

—Sabía que vendrías —dijo una voz grave a la altura de su hombro.

Era el dueño de la librería quien sostenía el paraguas sobre su cabeza. No la había cogido del brazo ni rodeado con el cuerpo, solo había puesto el paraguas sobre ella. Pero ese gesto fue suficiente para que el temblor de su cuerpo desapareciese y el frío que la había calado por dentro disminuyera.

–Hace frío. Dime adónde te diriges, te acompaño –le propuso él con tono educado.

–¿Quieres saberlo? Si te dijera que voy al acantilado, ¿me acompañarías hasta allí? No hace falta que seas tan amable. No pasa nada, puedo hacerlo sola.

–Si vas hacia allí… no, no te acompañaría.

Su brusquedad le molestó un poco. Sin embargo, era una respuesta razonable teniendo en cuenta que su relación era de librero y clienta. Ella se dio la vuelta, dispuesta a exponerse a la lluvia de nuevo.

–Pero puedes descansar en la librería. Pronto dejará de llover.

Capturada por sus palabras, se detuvo. De nuevo algo le removió el pecho. Ya no eran escalofríos, sino una sensación de calor que le subió por la garganta y salió en forma de lágrimas. Unos suaves sollozos que se convirtieron en llanto. Se echó a llorar como una niña pequeña.

Él se quedó esperando, inmóvil, con expresión impasible. Sin alegría ni tristeza. Por un momento alzó la mano como si fuera a tocarle el hombro, pero se detuvo. Como si esa distancia en la que no llegaban a tocarse fuera todo lo que tuviese permitido.

Ella siguió llorando y él aguardó, bajo la lluvia, durante bastante tiempo más.

Una vez dentro, mientras la ropa de Yeonseo se secaba, él le prestó una camisa marrón, que le quedaba como un saco, y unos pantalones que llevaba remangados. Se acercó las mangas vaporosas de la camisa a la nariz. Olía un poco amarga, como a madera quemada. Olía a él, de hecho. Apartó el brazo enseguida, turbada.

Como ya había visto el resto de la librería, se paseó frente a la estantería llena de objetos de decoración. Los había de todo tipo: pequeñas tallas, joyeros y baratijas, la mayoría de estilo oriental antiguo, con alguna pieza occidental entre medio como cruces enjoyadas y collares con pequeños retratos. Pero lo más destacable eran un par de figuritas de patos mandarines hechos de madera, tan desgastadas y descoloridas que apenas se distinguían ya. Yeonseo rozó sus cabezas con la punta del índice. Para su sorpresa, no encontró polvo. O él mismo se dedicaba a mantenerlo todo así de limpio o debía de tener contratado a alguien que se ocupaba de la limpieza, porque ya bastante difícil debía de ser todo con la niña merodeando por allí. Solo había que ver el rastro de restos de pastelillos por el suelo.

Un pensamiento cruzó su mente: «¿Y si estaba casado? ¿Por qué si no la parejita de patos?».

Siguió dándole vueltas a esa idea hasta que él regresó y la llamó por su nombre con toda naturalidad para preguntarle si todavía tenía frío. Yeonseo se giró sobresaltada al oírle de improviso y, sin querer, tiró al suelo las figuritas con la parte de la manga de la camisa que le quedaba colgando.

El librero se acercó corriendo preguntándole si estaba bien y ella asintió. Él recogió las figuritas para examinarlas; una de las dos, la hembra, había quedado decapitada. Yeonseo temía que justo esa fuese su favorita.

—¿Estabas mirándolas? —preguntó con calma.

No quería decir que era por la curiosidad de saber si estaba casado, así que respondió que le parecían bonitas. Él asintió conforme, mirando las figuritas todavía en sus manos.

—No pasa nada —respondió como si no tuviese importancia—. Solo que es una lástima, por la que queda.... ¿Por qué no te la llevas? Si la dejo aquí sola, voy a sentir pena cada vez que la mire.

El tono de broma en su voz mostraba que no se había molestado, y eso la tranquilizó. Lo aceptó, aun sintiéndose un poco culpable por haber dejado al pato sin pareja.

El librero acompañó a Yeonseo a sentarse a la mesa y luego recogió los trozos de la figura rota. Ella se quedó mirándolo desde donde estaba y entonces se percató de que él no llevaba el abrigo. Estaba colgado en un perchero, todavía empapado por haberle acercado antes el paraguas.

Yeonseo estaba muy avergonzada por lo que había pasado bajo la lluvia. Ya era la segunda vez que él la veía llorar, cometer errores y decir cosas raras. Ella, que nunca antes se había mostrado así ante nadie.

–¿De dónde venías? –preguntó. Fue lo primero que le vino a la cabeza para romper el incómodo silencio–. No parecía que vinieses de la librería.

–Había quedado con alguien.

Yeonseo respondió con un ruidito de aprobación mientras jugueteaba con el pato entre los dedos. Por supuesto, debía de tener vida más allá, relaciones que no le concernían en absoluto. Agarró con más fuerza el muñeco.

Después de recogerlo todo, trajo té y aperitivos, tal y como solía hacer, y se puso a explicarle los beneficios del té que le estaba sirviendo en ese momento, pero Yeonseo no le prestaba atención.

–Es tarde. Debía de ser alguien muy íntimo –comentó ella, mirando hacia otro lado y actuando como si sus palabras no tuviesen importancia.

El ruido del té cayendo en la taza se detuvo y se hizo el silencio. Yeonseo lo miró.

De nuevo aquella expresión tan… vacía. Había dicho algo malo. O eso parecía, pero él dejó la tetera en la mesa y preguntó en voz baja y con emoción contenida:

–Se trata de un asunto privado. ¿Sientes curiosidad por saber quién es?

–No.

–Porque si es así, te lo diré. Responderé cualquier pregunta que me hagas sobre mí. –Yeonseo lo meditó un momento y asintió, un gesto apenas imperceptible que le hizo soltar una carcajada–. «Íntimo» es una palabra que puede significar muchas cosas. Normalmente se usa para relaciones que implican afecto, o para parientes, pero supongo que también podría decirse que tu mayor enemigo es íntimo de alguna manera.

–Vamos, que he preguntado una tontería.

–No lo creo. Podría decirse que hoy he visto a alguien que conocí hace mucho tiempo. Y me sorprende que no haya cambiado nada. Ha sido una charla interesante, nos hemos puesto al día y nos han dado las tantas.

Una vez más había caído en su trampa. Yeonseo se maldijo para sus adentros, a la par que se sentía aliviada. Aunque no quisiera admitirlo, le preocupaba que él ya estuviese enamorado de otra persona.

Yeonseo estaba a punto de descargar toda la frustración por la complejidad de sus sentimientos hacia aquel hombre que parecía estar pasándoselo tan bien, cuando se oyó la puerta abriéndose de golpe. Al darse la vuelta, se encontró al mismo hombre aterrador que había conocido la vez anterior. Vestido con aquella chaqueta de cuero negro, a juego con el pelo corto, y con unas cejas de un color azabache tan intenso que resaltaban su tez pálida. Teniendo esto en cuenta, que la niña le llamase «Oscurito» tenía todo el sentido del mundo.

El hombre irrumpió en la habitación, se detuvo frente a la mesa y fijó su gélida mirada en el librero y en Yeonseo.

–¿Qué hace aquí? ¿Por qué no me dijiste que iba a venir?

–¿Cómo voy a predecir la visita de una clienta? Ni que yo fuera un dios.

La mirada feroz con la que respondió no pareció perturbar al librero, porque colocó una manta sobre Yeonseo. El otro hombre desvió su atención hacia ella, que cuadró los hombros de la tensión. Yeonseo también estaba bastante enfadada. ¿Acaso se conocían para que él le hablara de esa forma? Estaba a punto de soltarle que era un maleducado.

–¿Has llorado? Pareces un topo –dijo el hombre con sorna.

Otra grosería; esta vez el librero se puso algo rígido como si fuera a decir algo, pero Yeonseo saltó primero.

–No nos conocemos de nada para que me hables así –dijo, estoica y tranquila.

Ambos se quedaron inmóviles. El librero la miró sorprendido y el otro hizo lo mismo con la boca abierta, incrédulo. Luego le dio un ataque de risa. Golpeó la mesa con la mano y se inclinó hacia ella.

–¿Que no nos conocemos? Déjame decirte que nos hemos visto bastantes veces. Cada vez que has cruzado el río de las Tres Cruces…

Un chasquido interrumpió la frase. El librero se había levantado: estaba frente a una vitrina mirando unos fragmentos de cristal bajo sus pies. El vaso que se encontraba antes junto a la figurita de los patos ya no estaba. Era el segundo estropicio del día, pero se quedó mirando los restos con una sonrisa dibujada en los labios.

–Ah... el vaso de la reina de Silla. Era un préstamo. Una lástima: se le daba fatal fingir. El hombre de negro contempló toda la escena como si no pudiera creérsela, maldiciendo cosas por lo bajo con las manos temblorosas.

Luego vinieron los gritos.

El librero pidió disculpas, porque también era importante para él. Pero ¿de qué iba a servir pedir perdón si no lo pagaba con su muerte? Algo que resultaba difícil, y una pena. Tampoco había sido cosa suya usar la librería de almacén. Por mucho que se enzarzasen en aquella pelea propia de unos niños, el vaso no iba a recomponerse.

–Maldito loco... Siempre has sido así. Cada vez que hablo contigo, acabo perjudicado. Toma lo que me has pedido y se acabó –sentenció el hombre de negro.

–Vaya, has sido más rápido de lo que imaginaba. Debería ser más difícil cruzar las puertas del cielo.

–¿Estás de broma? Sabías perfectamente qué día era ayer y por eso me lo pediste entonces.

Miró de reojo a Yeonseo, refunfuñó que daba lo mismo y sacó de su bolsillo algo que llamó su atención: una flor similar a una peonía, de tallo largo y fino acabado en pétalos redondeados. Cuando se la ofreció al librero, se fijó en que eran dos flores, una roja y otra azulada, de pétalos delicadísimos y translúcidos que parecían irradiar una luz propia.

El librero las aceptó con una sonrisa cansada e inusual en él. Contempló las flores con la nostalgia de quien recuerda tiempos lejanos. Yeonseo desconocía su historia, pero no parecía ser muy feliz. El hombre de negro se había quedado en silencio, observando al librero y las flores, a la espera de una reacción.

Yeonseo levantó la mano con cautela.

–Eh… Creo que debería irme.

Desde su punto de vista, aquella situación carecía de sentido. Hacía un momento habían estado a punto de matarse y ahora había flores de por medio. La brecha entre ambos acontecimientos era enorme y no estaba muy segura de si se odiaban o se querían. Se suponía que las peonías se entregaban a los amantes para fortalecer el vínculo, o al menos eso era lo que decían.

Quería saber qué había entre esos dos. Y allí estaba ella, sin tener ni idea de qué hacer, en medio de dos hombres ajenos a lo que estaba pasando por su cabeza.

El malentendido se aclaró pronto. El librero captó la confusión en su mirada y le explicó que aquellas flores tan peculiares no eran fáciles de conseguir y, aun así, el hombre de negro se las había traído. Mientras tanto, este salió de la librería sin despedirse y volvió a dejarlos a solas.

–Con lo tarde que es… Y la ropa aún no se ha secado.

Las prendas mojadas estaban colocadas sobre una estufa eléctrica antigua y tenía toda la pinta de que tardarían una o dos horas más en acabar de secarse. El librero se sentó frente a ella con gesto despreocupado.

–¿Qué hacemos para pasar el rato mientras tanto?

–Hoy… ¿no vas a leer?

La pregunta pareció sorprenderle un instante y esbozó una media sonrisa.

–No sabía que te interesaran mis historias. Por desgracia, hoy no puedo. Se ha llevado el libro cierta princesa.

Suspiró apesadumbrado, como si se lo hubieran quitado en contra de su voluntad. Yeonseo creía que la niña era muy bonita, pero no por ello menos caprichosa.

El librero interrumpió el hilo de sus pensamientos.

–¿Y si me cuentas tú una historia?

–¿Eh?

–Eres escritora, ¿no? Me dejaste con la curiosidad las otras veces. Quién sabe, tal vez podríamos ser buenos socios.

Yeonseo vaciló un instante, pero se negó. Todavía no tenía un final para su historia y no sabía improvisar. Además, le faltaba la agilidad y fluidez de él a la hora de narrar.

–Si no se te ocurre nada, puedes contarme tu propia historia –añadió al ver la duda reflejada en su rostro–. Paso tanto tiempo aquí apartado de todo que siento mucha curiosidad por saber cómo viven los demás. ¿Qué hacías hoy fuera con la que está cayendo?

Yeonseo volvió a titubear. Para responder a esa pregunta tendría que relatarle una historia que no le había contado a nadie. Él permaneció en silencio, no tenía ninguna prisa. La chimenea estaba encendida y una fina llovizna seguía cayendo fuera. Recordó que le había dicho que allí podía relajarse.

Así que, por un momento, derribó las paredes que aprisionaban su corazón y comenzó a hablar.

Cuando quiso darse cuenta, ya había acabado la universidad y estaba trabajando en una empresa por recomendación de uno de sus profesores. Allí fue donde conoció al hombre que había visto en el anuncio ese mismo día, el primer jefe de equipo que tuvo.

Habían congeniado desde el principio. En realidad, se llevaban mejor de lo que deberían porque, para ser ella una novata, él estaba pendiente de ella y se encargaba de ayudarla con cualquier cosa que necesitase. Además, la había ayudado a encajar con el resto de sus compañeros, algo que a ella le costaba especialmente por su timidez natural. Él, por el contrario, siempre estaba rodeado de gente: era simpático y atractivo.

Puede que estar relacionada con uno de los ejecutivos influyese en la popularidad de Yeonseo, pero, en cualquier caso, no había razón para no llevarse bien con él. Le había ayudado a empezar bien en la empresa y ella se sentía afortunada por tener un buen jefe en su primer trabajo.

En cierto momento comenzaron los cuchicheos entre sus compañeros sobre lo ventajoso que resultaba caerle en gracia al jefe. Eran comentarios sin importancia, hasta que empezaron a tomar un doble sentido. ¿Desde cuándo caerle en gracia a alguien tenía esa connotación? Yeonseo no tenía problemas en ignorarlo, pero le fastidiaba un poco.

Cerca de medio año después, él le confesó lo que sentía por ella. Había tenido un flechazo, cosa que a ella le sorprendió un poco, aunque en cierta manera podía esperárselo. Ya llevaba un tiempo intuyendo que él sentía por ella más que afecto, por lo que simplemente se habían confirmado sus sospechas. Al respecto, ella tan solo sintió indiferencia.

Le había decepcionado un poco que su amabilidad no fuera desinteresada. Por esa y otras razones, Yeonseo no pudo corresponderle. ¿Cómo iba a forzarse a sentir lo mismo? De hecho, si lo pensaba de forma racional, ni siquiera se sentía atraída por él. Dejando de lado todas las razones por las que no le gustaba, simplemente no era correspondido. Le pidió tiempo, porque no podía rechazarle de inmediato. ¿Qué pasaría si le decía que no? Era su jefe y, como tal, tenía poder en la empresa. Aunque, teniendo en cuenta su personalidad, también cabía la posibilidad de que se tomase todo aquello a broma.

Se pasó todo el día dándole vueltas al tema y eso hizo que fuese más lenta en el trabajo, por lo decidió quedarse más tiempo después para ponerse al día con las facturas atrasadas. Uno a uno, el resto de sus compañeros fueron abandonando la oficina hasta que se quedó sola.

Entre todo el papeleo encontró un dato que le llamó la atención. Se trataba de gasto de todo el equipo a principios de mes de una supuesta cena de empresa en un día festivo. Yeonseo casi lo pasó por alto, pero tuvo un presentimiento. Revisó los datos anuales y descubrió que, cada varios meses, había gastos inexplicables de cantidades demasiado pequeñas para resultar sospechosas, pero que, en total, acababan sumando cerca de diez millones de wones al año. Lo mismo había sucedido el año anterior, y el otro, y el otro.

Comprobó que en todos los documentos se repetía el nombre de la persona que realizaba esos gastos: su jefe había estado gastando decenas de millones de fondos de la empresa en asuntos personales.

Las piezas encajaron. De no haberse quedado adelantando trabajo, esa declaración le habría tocado hacerla a él al día siguiente en lugar de a ella. Y, por muchas veces que revisase los datos, todo estaba claro. Malversaba pequeñas cantidades de dinero y se encargaba de encubrirse a sí mismo.

No sabía cómo afrontar esa verdad. Su empresa facturaba decenas de miles de millones de wones al día y esa cantidad era ínfima en comparación. Además, él era su superior y tendría a mucha gente de su lado. Aunque decidiera hacerlo público, lo más probable era que nadie la creyera. Y, por si fuera poco, ese mismo día le había dicho que le gustaba y que quería pasar más tiempo con ella.

Yeonseo se quedó sentada dándole vueltas al asunto hasta medianoche. La necesidad de contarlo era más fuerte que cualquier otra cosa. Quizá él estaba pasando por un mal momento y, si le daba un toque de atención, conseguiría encaminarlo de nuevo. Había muchos casos como el suyo y era posible que este solo fuese uno más. A fin de cuentas, parecía una buena persona.

Ella salió de la oficina con una pizca de esperanza y sin tener ni idea de lo ingenua que estaba siendo.

Días más tarde se reunió a solas con él y le contó lo que había descubierto. Al principio, él lo negó todo, pero acabó por admitirlo al ver que Yeonseo no se echaba atrás y que le amenazaba con informar a sus superiores.

Por un momento llegó a pensar que todo estaba saliendo bien, tal y como había esperado, y que por fin podría respirar tranquila.

—Creía que se te daba bien escuchar y seguir órdenes, pero veo que no. Continúas con lo mismo.

Nunca antes había notado esa frialdad en su voz ni mucho menos había visto esa sonrisa torcida en sus labios. Era un comportamiento completamente diferente a su amabilidad habitual. Su ceño fruncido denotaba enfado, pero las comisuras de sus labios seguían curvadas en una sonrisa. Había algo visceral en él, lo sentía.

Yeonseo se había apartado un poco de él, asustada, pero él se acercó para susurrarle algo al oído:

—No podrás hacer nada. Sería muy presuntuoso por tu parte.

En aquel momento se dio cuenta de que su relación había terminado por completo y de que algo malo iba a suceder en el futuro. Y lo predijo bien, porque él no recibió amonestación alguna. Todo pasó sin mayor relevancia, nadie supo muy bien lo que había ocurrido ni se habló más al respecto, la única consecuencia fue que la empresa se volvió un poco más quisquillosa con el control de los gastos.

El cambio más significativo lo sufrió Yeonseo: un día, sus compañeros dejaron de saludarla. Al principio creyó que solo había sido una falsa impresión, pero luego se dio cuenta de que empezaba a llegar tarde a las reuniones porque nadie la avisaba y acababa granándose una reprimenda de sus superiores frente a decenas de personas.

A los pocos días, en el tablón de anuncios de la empresa, un anónimo colgó una burla claramente dirigida a ella, aunque no pusiera su nombre. Justo debajo había un montón de comentarios criticando a la traidora, mientras que solo unos pocos hacían referencias al verdadero culpable.

Todo el mundo comentaba el caso en las cenas de empresa y se reían al unísono: ¿cómo le había hecho algo así a un jefe tan bueno como él? Si se hubiera quedado callada, se habría ganado su favor. Hasta el propio jefe se lo tomaba a risa, siempre radiante y despreocupado, como si acabase de escuchar un chiste.

Nadie estaba de su lado. Y sus únicos amigos, Sanghoon y Daeun, estaban en otros departamentos. Ellos sabían que pasaba algo, pero como Yeonseo no les contaba nada tampoco podían hacer mucho en su favor. Ella no tenía más remedio que permanecer callada porque, si volvía a hablar, la tacharían de traidora una vez más.

Así que aguantó y esperó a que pasase el tiempo. Pero una mala persona como él seguiría siéndolo siempre: decidido a conseguir que la despidiesen, no dejó de acosarla y buscó manera de hacérselo pasar mal siempre que tenía una oportunidad.

Hasta que al fin ocurrió el incidente que acabó con su infierno en aquella empresa. Acababa de empezar su jornada laboral y, al encender el ordenador como de costumbre, apareció en la pantalla algo que no había visto antes: un nuevo sistema de seguridad. Se quedó mirando fijamente el espacio en blanco donde debía introducir la contraseña. Tenía que escribirla para poder usar el ordenador y, sin embargo, nadie le había informado de ello.

Pensativa, Yeonseo buscó a su jefe con la mirada y él enseguida miró hacia otro lado disimulando una sonrisa. El resto también la esquivaron, así que al final recurrió a la persona que tenía más cerca y le agarró la muñeca para preguntarle.

—Eso es cosa del jefe, pregúntale a él —contestó con brusquedad zafándose de su agarre.

Así que lo habían planeado todo. Habían cambiado el sistema y la contraseña y se lo habían ocultado deliberadamente, todo con el objetivo de verla agachar la cabeza.

Se quedó sentada un buen rato: debía parecer una desgraciada insignificante. Y entonces le comenzó a martillear una duda: ¿de verdad tenía que soportar todo eso?

Agachó la cabeza, que le dolía a horrores, y se quedó mirando el escritorio medio vacío. Solo había un paquete de folios, unos bolígrafos y una caja donde colocarlos. Ni una sola foto de familia. Había trabajado muchos años solo para obtener aquel puesto, o eso había creído, sostenida únicamente por esa idea.

Tenía que acabar con todo aquello; la sensación era tan horrible que se le saltaron las lágrimas. Tanto esfuerzo para acabar así, tantísimos números e indicadores registrados para que ahora no pudiera hacer nada porque le faltaban los cinco números de una contraseña. Se suponía que mucha gente llevaba ese tipo de vida, ¿por qué a ella le resultaba tan complicado? De existir los dioses, habría querido preguntárselo.

A los pocos días presentó su carta de dimisión.

Así acabó la historia Yeonseo, bajo la mirada atenta del librero y mientras la opresión le retumbaba en el pecho. ¿Por qué los malos recuerdos no se iban? Todavía era capaz de sentirlo todo con la misma claridad que entonces.

—Soy una perdedora, una marginada. Siempre he vivido como me han dicho que debía hacerlo. No he aprendido nada importante. Ni sobre relaciones, sobre conocimiento ni en cuanto a hacer lo que yo quiera, aunque eso signifique ser egoísta. Lo único que he aprendido es a huir de las malas personas.

—¿Y tienes que culparte a ti misma por ello? Solo has tenido mala suerte de conocer a gente así.

—Ya lo sé. Y lo que más odio de todo es que todavía me aterroriza cuando veo su cara. Y eso que han pasado dos años desde que me fui. Pensaba que por lo menos había avanzado un poco… pero no —añadió Yeonseo con una sonrisa amarga—. Sigo atada allí. A ese infierno y a esa persona tan horrible.

Se esforzó por seguir sonriendo después de terminar de hablar. Él no podía hacer nada al respecto y la pesadumbre tendía a ser contagiosa. Yeonseo quería relajar el ambiente, pero él, que había permanecido en silencio, se levantó para ir a buscar su abrigo, ya seco.

—¿Vienes a tomar un poco el aire?

Yeonseo parpadeó desconcertada.

«¿Con esta lluvia?», se dijo.

Cerca de la mesa donde habían estado hablando, al fondo de la estancia, se encontraba la puerta con candado. Yeonseo contempló la larga ranura horizontal con flores de loto y animales tallados alrededor de la cerradura. Le recordaban a unas figuras que había visto en un museo: perros Sapsali de color blanco, los mismos que traían de vuelta a las almas que acababan accidentalmente en el Inframundo.

El librero estaba rebuscando la llave en la oficina. Era increíble verlo moverse por entre todas aquellas pilas de libros mal colocados sin hacer caer ninguno. Yeonseo aplaudió cuando encontró la llave, que estaba colgada en la pared, oculta por un montón de cosas.

En cuando abrió la puerta, una ráfaga de aire, seguida de un aroma floral, le hizo cerrar los ojos. Al volver a abrirlos se encontraba en otro lugar. Por las paredes de piedra parecía una caverna, pero estaba llena de vegetación y mucha luz. Yeonseo dio un paso y pisó el césped. Una gran cantidad de hortensias brillaban por la iluminación de los farolillos de papel que las decoraban, uno cada pocos pasos, que proporcionaban claridad suficiente al camino. Parecía un mercado nocturno de los que se solían tener lugar antiguamente. Yeonseo se acercó a tocar una de las luces amarillas que se balanceaban con la gracia de las olas del mar.

Avanzaron por el camino de farolillos. El agua de la lluvia caía en cascada por un gran agujero en el techo e iba formando un estanque. Desde el puentecillo que lo atravesaba, Yeonseo admiró el paisaje, tan hermoso y en calma, tan alejado de la realidad. En eterna permanencia, ajeno al paso de las estaciones.

Después de cruzar el puente ascendieron colina arriba hasta un pabellón de madera, que se conservaba en un estado algo tosco por el paso del tiempo. Subieron los escalones de piedra y él le indicó a Yeonseo que se sentase mientras colgaba una linterna cerca de ellos.

El librero se quedó mirando alrededor.

—Este lugar… —vaciló, algo inusual en él— ya existía antes de la librería. Solía venir con alguien muy querido.

Algo en sus palabras le oprimió el pecho. ¿Se refería a alguna amante del pasado? ¿De ahora? No podía aguantarse las ganas de preguntar, pero él se adelantó a resolver sus dudas como si estuviera leyéndole la mente.

—Murió. Hace ya mucho. Le encantaba este lugar. Recuerdo que se empeñó en plantar los árboles y al final la acabé ayudando…

Parecía que le costaba hablar. Siendo alguien a quien había perdido, debían de entristecerle mucho los recuerdos.

–¿La echas de menos? –preguntó Yeonseo con cautela.

–Sí. Haría que regresara, aunque tuviera que cruzar el Inframundo. Le pediría que olvidase el olvido y me recordase a mí. Le rogaría que no se reencarnara para que pudiéramos permanecer juntos, aunque solo fueran nuestras almas.

Dijo todo aquello sin que le temblase la voz, pero Yeonseo tuvo la impresión de que estaba llorando. Pensó que el librero podía marcharse en cualquier momento, así que inconscientemente le agarró de la manga de la camisa y él la miró sorprendido, con su pintoresca sonrisa de vuelta.

–No pasa nada. Por mucho que lo quiera así, no puede ser. Aun muerta, su vida es suya. Conoces todas esas historias que se cuentan sobre lo que hay después de la muerte, ¿no? O te juzgan por tus pecados y vives en el Inframundo, o entras en el ciclo de la reencarnación. Esa es la vida de los muertos, una paradoja en sí misma. Pero, al final, el mensaje es el mismo en todas estas vidas que siguen a la muerte.

Imaginó que seguía hablando de un antiguo amor y sintió una punzada de dolor y celos al mismo tiempo, emociones que fueron reflejándose en su rostro. Él le sonreía, mientras se frotaba el ceño fruncido con los dedos.

–Mejor hacerlo bien mientras podamos.

–¿Qué quieres decir?

–Ajá, pues... que una vez muerto, ya no se puede hacer lo que te gustaría en vida.

Sin dejar de sonreír, tomó la mano de Yeonseo para conducirla a un lado del pabellón, desde donde se veía todo. Era el punto más alto de la colina. Por un breve instante se levantó una agradable brisa que la envolvió por completo y luego cesó. Una mariposa blanca agitó las alas y se marchó llevándose con ella el aire restante. Yeonseo la siguió con la mirada. Cada oscilación ocurría con una fluidez lenta, siguiendo la velocidad de la mariposa: un parpadeo de luces, flores estremeciéndose, gotas de rocío cayendo de sus pétalos y posándose en la superficie del estanque. Luego permanecían ahí, sobre la espuma que se formaba bajo la cascada.

Parecía estar flotando en el aire; era una sensación hermosa a la par que irreal, libre.

La voz del hombre inundó el espacio.

—¿Qué es lo que te ata?

El cerrojo en su pecho se abrió y las lágrimas brotaron ante aquellas palabras ridículamente obvias que le taladraron sus oídos.

Llevaba razón. No estaba atada a ninguna parte. Los recuerdos tristes eran cosa de un pasado muy lejano y nada de aquello podía hacerle daño ahora. Yeonseo salió para asomarse al borde del despeñadero: el viento soplaba con suavidad, liberando sus extremidades, y la instaba a mover los pies y las manos. Cerró los ojos y respiró hondo. Luego miró atrás.

Se quedó un momento mirando la mano que él le tendía antes de aceptarla y, cuando lo hizo, él la agarró con fuerza como si quisiera guiarla a alguna parte. Sonreía sin apartar la mirada, conmovido.

La alejó un poco del borde, sacó la flor roja que le había traído el hombre y se la ofreció a Yeonseo.

—En el reino de los cielos hay un jardín que solo se abre una vez cada mil años. Allí florecen flores con un gran poder, como esta. Espero que te sirva de ayuda.

La misma mariposa blanca se posó sobre la flor, destacando entre los pétalos rojos. Luego agitó las alas y se alejó de nuevo hasta desaparecer en el aire.

Eso de que era una flor del Inframundo era una tontería, una mentira incapaz de engañar siquiera a un niño. ¿Cómo iba a cambiar una flor la vida de alguien? Quería creer en ello porque había algo mágico en la forma en la que sus pétalos se mecían. Igual que los momentos que había pasado con él. Una ilusión mágica.

Cerró los ojos, de nuevo en las nubes.

Y entonces, de pronto, le asaltó otra vez el sentimiento de no saber qué pasaría si lo perdía.

—¿Seguro que no nos hemos conocido antes…? —insistió como haría una niña pequeña tratando de adivinar un truco de magia.

Vio vacilación en sus ojos, nerviosismo. Le había visto sorprenderse varias veces, pero nunca había percibido tanta agitación en él. Esperó en silencio.

—Se ha hecho tarde —respondió con calma cuando por fin se tranquilizó—. Te contaré más la próxima vez.

La lluvia se había detenido y la luz de la luna entraba por el agujero del techo y lo bañaba todo con un tono azulado que daba una sensación aún más irreal.

Alzó la vista hacia el cielo estrellado, cada vez más bonito. Todo encajaba a la perfección.

–Te esperaré aquí. Como siempre.

Yeonseo estaba agotada y cayó rendida en la cama en cuanto llegó a casa. Pensó en la flor y en la figurita que había traído de la librería. ¿En qué clase de novela de fantasía se había metido? Se permitió dejar volar la imaginación como solía hacer y se echó a reír.

Pensándolo bien, aquel era el motivo por el que le gustaba escribir cuentos fantásticos, para darles a los demás un momento en el que pensar en cosas sin explicación, un momento para descansar y olvidarse de la realidad. Una escapatoria. Había perdido el sentido durante todo ese tiempo y acababa de recuperarlo. Más bien, se había dado cuenta de ello precisamente por haberlo perdido. Lo mismo pasaba con la librería.

El cansancio se adueñó de su cuerpo. Mientras se le cerraban los ojos, la flor en la mesita, que seguía emitiendo una cálida luz rojiza, la ayudó a relajarse.

Por fin podría darle un final a su historia.

Tras la marcha de Yeonseo, el librero se quedó solo en aquella especie de caverna, contemplando el paisaje desde lo alto de la colina. Pese a su apariencia de joven apuesto, tenía un aura anciana y una mirada llena de un pasado lejano y polvoriento.

Al poco apareció la niña con el ceño fruncido y la mirada encendida, ya muy lejos de parecerse a un conejito. Estaba muy enfadada. La vegetación se convertía en polvo a su paso y dejaba tras ella poco más que un espacio vacío como la luna. Para cuando llegó al mirador, su pelo había recuperado su color original, un tono plateado marchito y gélido. Había malgastado sus esfuerzos, pues había sido él mismo el encargado de teñirlo de negro.

El librero suspiró al verla.

—¡Seoju! ¡Me has engañado! —gritó ella, al tiempo que una fuerza desconocida sacudía la cueva.

La mitad de las luces se apagaron, las estalactitas se estrellaron contra el suelo y el gorgoteo insistente del agua se detuvo.

Pero él permaneció imperturbable.

—No es verdad. Únicamente no te lo he dicho antes de hacerlo.

—¡Has robado una flor del jardín celestial para dársela a una humana! ¡Eso está prohibido! ¡Los dioses del Inframundo no lo dejarán pasar cuando se enteren! ¡Ni siquiera Mago podrá protegerte!

¿Cómo podía esa joven diosa ser tan buena e inocente? La miró con cierta lástima. Aquellos dioses eran estúpidos y emocionales, a veces incluso más que los propios humanos; resultaban tan fáciles de engañar.

Se incorporó con lentitud y le dedicó una sonrisa.

–¿Qué problema hay en querer hacer feliz a alguien?

–¡Los humanos no deberían usar el poder de los dioses!

–¿Por qué? ¿Son tan insignificantes que no se lo merecen?

Ella no dijo nada durante un momento, pero luego respondió más rabiosa todavía.

–Te has excedido. ¡Confiaba en ti! Pensaba que eras mi amigo. Hasta te dejaba verla en cada reencarnación. ¡Te concedí tu deseo! ¿Por qué has roto tu promesa? Tú, y también Oscurito. ¡El Juez del Inframundo os castigará!

–Mira que te lo he dicho veces… Deja de llamarlo así. Se pone hecho una furia cada vez que lo oye.

–¡Seoju!

El mundo vibró en respuesta a su ira. El techo comenzó a desmoronarse y llovieron piedras como granizo que dejaron el precioso jardín hecho un desastre. Él contempló la escena con pesar.

–Estaba destinada a seguir cayendo en la desgracia, su alma debía seguir viviendo así por toda la eternidad. Pero tenías que llegar tú a torcer el eje del destino. ¡Ahora podrá ser feliz, justo como querías! –exclamó ella entre sollozos.

Ni el corazón más duro podría evitar quebrarse ante una escena tan lamentable. El librero suspiró profundamente porque, aunque esperaba que algo así sucediera, saberlo no hacía menos doloroso el experimentarlo. Ella, incapaz de contenerse, añadió algo más:

—Creía que nos lo pasábamos bien juntos, pero ya veo que solo querías aprovecharte de mí.

Lo sentía mucho por Okto, la pequeña diosa. Seoju había disfrutado del tiempo junto a ella, cuidándola, leyéndole cada día, lavándole la cara. Incluso la llamaba «princesa», tal y como ella le había pedido después de oír la historia de la princesa que vivía en la luna. Le había hecho compañía, hasta el punto de llegar a plantearse si aquello era tener una familia.

Pero no podía evitarlo, porque solo había una persona que le hacía sentirse vivo, y asumiría cualquier culpa y castigo en su nombre.

Okto tomó su silencio como una afirmación. Sus lágrimas caían como perlas y, allí donde se posaban, crecían violetas de la tierra húmeda. Entonces hizo un movimiento con una mano y retumbó por todas partes.

Unas enredaderas tan gruesas como el tronco de una persona emergieron de la tierra, serpientes vivas que destruyeron la cueva a voluntad de Okto. Por el hueco del techo entró el amanecer, que irrumpió en la oscuridad con sus primeros rayos de sol y allí donde rozaban estos iban creciendo flores de arrurruz rojas como la sangre. Era el infierno mismo.

Okto señaló a Seoju y una enredadera puntiaguda siguió su orden y le atravesó el pecho. Quedó colgando entre las columnas del pabellón, tosiendo sangre y sin poder resistirse de ningún modo. Con el pecho atravesado y a punto de perder la conciencia, alcanzó a ver a Okto alejándose y hasta creyó oírla farfullar sobre el castigo que suponía engañar a los dioses. «Lo mismo de siempre», dijo él, y se le escapó una risa que le hizo volver a toser sangre.

Cuando por fin todo se quedó en silencio, pensó en ella. De entre todas las reencarnaciones, había algo más especial en esta. El primer encuentro en el acantilado, el hecho de haber conseguido aliviar los problemas de su pasado… Le había hecho recordar la tragedia del pasado y no había podido evitar entregarle su corazón.

Así era Yeonseo. Había hecho que quisiera estar con ella, aunque el final ya estuviese escrito. Un fatídico final que estaba dispuesto a volver a compartir a su lado. Sus labios se curvaron en una mueca complaciente, la anticipación hormigueaba en su interior, seguida de un pensamiento intrusivo: ¿se lo merecía?

Se le nubló la visión y notó las manos y los pies helados. Por primera vez en mucho tiempo sintió la muerte cerca y siguió pensando en ella. Sobre todo, en sus lágrimas.

Capítulo 3

El hilo del destino

Pasó una quincena y Seoju seguía allí. Cada vez que despertaba, una punzada de dolor le recorría el cuerpo entero. Estaba helado, muerto, empapado en sudor. A ratos gimoteaba inútilmente y acababa perdiendo el conocimiento, lo que le permitía evadir ese dolor durante algunos minutos.

Soñaba cada una de las veces que perdía el sentido. Atravesaba un espacio y tiempo infinitos para viajar al pasado, a un lugar muy lejano y muy antiguo. A cuando fue un comerciante pobre, el escolta de un erudito exiliado, el profeta de una nación perdida, el *dokebi* de los libros que raptaba niños. Recuerdos entremezclados de muchos lugares y papeles que había interpretado.

Una de las veces que abrió los ojos estaba en la librería, su buena amiga, un lugar donde había pasado mucho tiempo, tan silencioso y aburrido. Como si hubiera habitado el interior de un árbol viejo. Seoju alargó una mano para que la luz del sol que se filtraba por la ventana le acariciase la piel. El rojo de la sangre que corría por sus venas refulgía en la palidez de su mano; la mano de una persona que había vivido como un inconsciente.

Un dolor hueco le palpitó en el pecho agujereado, con un vacío del tamaño de un puño. Cualquier otra persona no habría sobrevivido a una herida así, pero ahí estaba él, abriéndose la camisa como si nada. Ese cuerpo no moría ni en sueños.

¿Cuánto había vivido? ¿O durante cuánto había estado soñando? En la mesa, el incensario seguía quemando y emitiendo un humo nebuloso. Una mariposa entró agitando sus finas y diminutas alas, atravesó el humo y se posó sobre el libro que había en la mesa. El mismo que le había leído a Yeonseo. Al cogerlo, la mariposa aleteó y se dispersó con el humo.

Lo abrió por una página repleta de letras. Volvió a cerrarlo y lo abrió esta vez por la primera página: en blanco. Pasó varias más hasta que volvieron a aparecer palabras. Esta vez, solo tres, demasiado dolorosas para leerlas. Pero pronto se emborronaron, la tinta se disolvió y goteó por la superficie de la página como miel. Fue creciendo y acumulándose hasta formar una cascada junto al resto de palabras que fluían hacia el exterior y, en apenas un instante, Seoju también quedó sumergido por completo.

Cerró los ojos en la espesura de la tinta, sin saber si se hundía en un pantano o flotaba con la ligereza de una pluma. Si estaba despierto o soñando. No era una sensación desconocida.

Sumergido en aquel mar oscuro, recordó el pasado. Una miríada de azules donde ahora solo quedaban tres palabras.

PARTE 1
El hombre eterno

Finales de Goryeo. Una masacre se produjo en el hogar de unos fieles súbditos cuando una banda de asesinos irrumpió al amanecer blandiendo sus cuchillos con la intención de matar a toda la familia. Parecían brutales carniceros, pero la trayectoria de sus armas era certera. No estaban allí por ningún ajuste de cuentas.

En cuestión de varias estocadas acabaron con todos, a excepción de los cinco miembros de la familia: el señor Choi, su esposa, sus dos hijas y su hijo ilegítimo, que estaba escondido bajo las tablas del suelo. Choi era un valeroso comandante y había luchado como tal, pero lo habían capturado tras recibir una cuchillada para proteger a su hija. Luego habían obligado a toda la familia a arrodillarse en el patio y solo entonces el cabecilla del grupo se había quitado la máscara que llevaba. Choi tembló de rabia al reconocer su cara: lo había visto en palacio.

—La campana del amanecer no ha de colgarse de una cuerda podrida. Por tanto, debéis morir —sentenció el hombre, ya despojado de su máscara—. Dicen que tienes otro hijo, ¿dónde está?

Al ver que no abría la boca, el asaltante mató a la hija mayor, que se encontraba a su lado. Cuando la madre gritó de agonía, también acabó con ella. Choi cerró los ojos con fuerza. Mejor así. Una muerte limpia, rápida. De todos modos, por su culpa ya no había lugar para su familia en el cielo. Había jurado lealtad a una nación condenada.

El hombre volvió a cortar el silencio con su espada, esta vez contra la hija menor, y Choi se abalanzó sobre ella. Le arrancaron uno de los brazos de cuajo en el proceso, pero no le importó. Por muy valiente que fuese, ser testigo de la muerte de una criatura tan pequeña era demasiado. Con un nuevo tajo en la espalda, acabó desplomado en el suelo.

Fue entonces, en ese preciso momento, cuando sus ojos se encontraron con los del niño escondido bajo el suelo. Le sorprendió verlo allí, pero no le quedaban fuerzas suficientes para expresar su asombro. Tumbado como estaba en el suelo, desangrándose, se preguntó en qué momento se había escondido ahí su cuerpecito flaco para agazaparse como una rata.

Aquel niño era una mancha en su vida, una vergüenza de la que no podía deshacerse. Era sangre de su sangre, pero también su sangre era la de una cortesana. Un error de la época en que había creído que el amor era algo grandioso. No soportaba mirarle, pero aún menos la idea de ver a su propia sangre mendigando por las calles. Por eso lo había recogido.

Volvía a tener el cuchillo frente a los ojos, mientras aquel matón exigía saber el paradero de su hijo. Quería acabar con su estirpe a toda costa. Choi no respondió y se quedó mirando la cara del niño, tan parecida a la de su madre, quien ya había muerto tiempo atrás. Le había ordenado pasar desapercibido en casa, no quería ni verle. Algo irónico en ese momento, pues seguramente por esas palabras ahora mismo su hijo guardaba silencio.

Muchas dudas rondaban su mente. ¿Podría un niño como él, que había crecido sin el amor de unos padres, reconocer la bondad humana? ¿Era necesario que viviera una vida así? Quería preguntarle en aquel preciso momento si de verdad quería eso, pero el andrajoso mantenía la boca cerrada con todas sus fuerzas.

¿Quería vivir? ¿Le daba igual que fuera una mala vida? Si al final todo acaba reducido a cenizas, qué sentido tenía desear vivir.

Mientras lo miraba con los ojos bien abiertos, dijo:
–No tengo ningún hijo.

Las pupilas del niño se dilataron y Choi fue degollado al instante. Esas fueron sus últimas palabras, de lealtad y fe. La cabeza rodó por el suelo y se detuvo encima del niño escondido. Este miró los ojos abiertos y penetrantes del que había sido su padre y luego perdió el conocimiento.

Despertó al día siguiente con la claridad del día. La pesadilla había terminado. Ya no había cuerpos ni cabeza, solo pasos de desconocidos yendo y viniendo que resonaban contra el suelo. Algo le decía que todavía no era momento de salir, así que se tumbó boca arriba a esperar.

Sentía la humedad y la tierra recalentada pegada a su espalda. Olía el ligero amargor de las hojas caídas. Cuando notó que algo le subía por el cuerpo, cerró los ojos y trató de relajarse. Al final se encontró extrañamente cómodo. ¿Así se sentiría estar dentro de un ataúd? En la frontera entre la vida y la muerte, en el hogar de los muertos.

Allí tumbado, se imaginó su futuro. Hasta ahora había vivido como hijo bastardo; apenas veía a su padre una vez al año, pero al menos los criados se encargaban de que comiese tres veces al día. Con eso se daba por satisfecho, no esperaba cariño ni reconocimiento. Puede ignorarse el hambre del alma, pero no pasa lo mismo con la del cuerpo. La comida es mucho más importante.

Pero, de la noche a la mañana, tanto la comida como el reconocimiento acabaron convertidos en cenizas. Se planteó dedicarse a la agricultura. Como mínimo, esperaba no morir nada más abandonar ese lugar. A sus trece años era demasiado joven para poner fin a su vida, pero vivir le parecía complicado.

No se le ocurría una alternativa decente. Entonces recordó los ojos muertos de su padre. ¿Había sido consciente de su muerte? Llevaba toda la vida sin saber qué era el miedo y, de un día para otro, había caído por una fuerza incontrolable por el ser humano. Debía de ser eso a lo que llamaban «destino».

Existen fuerzas así en el mundo. Barreras que impiden conseguir los mayores anhelos y vuelven las pequeñas elecciones algo irrevocable. Todo es cosa del destino, tanto la muerte en vano del padre como la vida oculta del hijo. Pensar en aquello no le enfadaba.

Recordó las últimas palabras de su padre, negando su existencia hasta el final. Puede que aquella hubiera sido una forma de salvarle la vida, pero a la vez había despertado la gula de su alma. Había sido como si tiraran un trozo de carne al río delante de alguien que ni siquiera sabe que sufre de hambre. Cerró los ojos con fuerza, el corazón se le había avivado por el recuerdo de su padre.

Y entonces oyó voces. Unas voces que no había oído antes; primero, unos susurros aislados que se convirtieron en un murmullo a coro. Algunas más agudas, otras susurradas. Risas y llantos incomprensibles.

Sin embargo, las entendía. Lo hizo sin esforzarse, como se entiende a las personas que no usan el lenguaje. Supo que había caído bien a los espíritus bajo el suelo, o al menos así es como llamó a aquellos seres que parecían ser de otro mundo.

Durante toda la noche, los espíritus le contaron historias de todo tipo. Uno a uno, fueron hablando de unas muertes tan sombrías que el niño no dejó de torcer el gesto de puro disgusto. Pero no estaba mal tener a alguien que le hiciese compañía durante el sueño, y esa noche durmió como un muerto en vida acunado por sus historias.

Salió de allí al cuarto día, cuando ya nadie vigilaba la casa por la noche. Aprovechó para llevarse cosas de valor, dinero y algunos libros. Le llamó la atención la preciada espada de su padre, pero al final la dejó atrás, consciente de que no le serviría de nada en el futuro.

Una vez recogidas las cosas, se metió un caqui seco en la boca y salió corriendo por la puerta trasera para escapar de aquel pueblo. Fue en dirección este, tal como le habían indicado los espíritus como último consejo, pues ellos se habían quedado en su espacio bajo el suelo. Debía de pasar por el primer pueblo sin detenerse, esperar un año antes de vender los objetos de valor, dejar atrás los remordimientos y no comer más de un par de caquis secos para que el estómago no le doliese.

Mientras caminaba, pensó en lo extraño que había sido todo. ¿Por qué no querían que muriese? No era lo más común en los fantasmas y los espíritus que habitaban el mundo. Ellos tenían poco que hacer y mucho que contar, y siempre se necesita compañía.

¿O es que acaso les había gustado porque los escuchaba en silencio? Probablemente cuando se comunicaban entre ellos, cada uno acababa hablando de sus cosas. Pero él se había limitado a asentir con la cabeza en señal de admiración a cada una de sus historias. Claro que todo eso solo eran suposiciones. Fuera como fuese, el niño no acabó convertido en un espíritu más.

Sobrevivió.

Desde ese momento fue dando tumbos por la vida. Cualquier otro niño se habría convertido en un salvaje viviendo en la calle, pero él no. Los espíritus le ayudaban cuando se metía en líos. Invisibles a los ojos de todo el mundo, hacían notar su presencia con el susurro del viento. Los muertos le querían. Parecía que aquellos que le habían hablado bajo el suelo le habían dejado algún tipo de marca de por vida.

Pasada la mayoría de edad, empezó a llevar el pelo suelto y siempre se cuidaba de ir bien aseado. Odiaba ensuciarse. Solo caminaba descalzo los días de lluvia, cuando el olor a tierra húmeda era más intenso. Esa sensación de humedad en los pies le recordaba los días de calma que había pasado bajo el suelo.

La gente lo tachaba de loco cuando lo veían hacer eso porque no era un comportamiento acorde con el resto de su pulcra apariencia. A eso se sumaba que le veían reír a la nada, aunque en realidad estuviese haciéndolo al oír las voces fantasmales. Por ello muchas veces le tachaban de *dokebi* o *gumiho* y, con el paso de los días, acababan por echarlo del pueblo. Fueron tantas las ocasiones en que sucedió esto que al final optó por vivir lejos de los ojos ajenos: en bosques, cuevas, almacenes abandonados. No era el mejor ambiente, pero el muchacho, tozudo por naturaleza, se adaptaba a todo. Como el musgo, que crece por doquier.

Solo dos cosas le motivaban: la lectura y la escritura. Le gustaba transcribir las historias de los espíritus. Le transportaban a otro lugar, otra época, hasta los confines más allá del océano. Le hacían sentirse libre de ataduras.

Leer era una forma de vida, un hábito que había adquirido cuando vivía en casa del señor Choi y que ya había empezado a disfrutar entonces. En aquella época, los libros eran un lujo, no eran algo que un vagabundo pudiera permitirse. Pero, por suerte, a él nunca le faltaba dinero. Los espíritus siempre le indicaban dónde escondían los tesoros y, cuando estos se agotaban, le contaban cómo robar en las tumbas sin nombre.

Estaba satisfecho con esa forma de vida. De hecho, pensaba que llevaría esa vida sencilla hasta que un día por fin desapareciera del mundo, al igual que la nieve que se derrite con la llegada de la primavera. Se desvanecería evaporándose con el calor. La gente llamaba a aquello «muerte». Él esperaba que ese día llegara cuanto antes para poner punto final a su destino.

Pero un día, cerca de la primavera, ocurrió algo. Llevaba sentado desde bien temprano en una roca cerca de la cascada leyendo un viejo volumen que había comprado a un vendedor ambulante. El hombre le había advertido de que era un libro antiguo y extraño que había causado algún escándalo, pero el joven no le había dado más importancia.

El contenido del libro era tal y como había dicho

el vendedor: tonterías, encuentros con seres extraños, lugares fantásticos, objetos mágicos, etc. Era una lectura entretenida, pero cuando alcanzó más o menos la mitad del libro, algo cambió. Con cada página que pasaba, los espíritus se iban inquietando cada vez más.

Hubo algo que le hizo echarse a reír. Un pasaje que no tenía sentido alguno para él porque hablaba de cómo alcanzar la vida eterna. Decía que, si encontrabas al Emisario del Inframundo antes de morir y le tratabas bien, era posible que este decidiese marcharse de vuelta y considerara tu bondad como un motivo para alargarte la vida.

Explicaba en detalle el cómo: había que regalarle zapatos nuevos para las largas caminatas e invitarle a licor de calidad. Mencionaba casos reales, como el de un hombre que debía morir a los treinta años y no lo hizo porque, en el libro que registra los años de las vidas humanas, el Emisario cambió uno de los caracteres que componían sus años de vida para convertirlo en el número mil. Así fue como el afortunado llegó a vivir tres mil años.

El joven quedó estupefacto. ¿Cómo podían ser los dioses tan estúpidos para cambiar los años de vida de un humano solo porque este le hubiese dado un par de zapatos nuevos y licor? Él siempre había creído que el destino era una fuerza que escapaba del control de la humanidad, pero el libro le estaba diciendo lo contrario. Además, mediante un método tan simple y fácil.

Pero no quería creerlo. ¡Tenía que ser imposible desafiar al destino! Porque, de lo contrario, el mismo pasado del que había estado huyendo volvería para atormentarle. Los espíritus le susurraban algo al oído: todo era cierto. Si lo hubiera sabido antes, podría haber vivido una vida diferente.

Él rio entonces con más fuerza. Entre carcajada y carcajada se le aparecía el recuerdo de la cara de su padre, los ojos sin vida, la cabeza de pescado cortada. Tan fáciles de matar como de dejar con vida, ¿así veían los dioses a los humanos?

Echó la cabeza hacia atrás sin dejar de reír. Reía y reía y reía de lo ridículos que eran la vida, el destino y la providencia divina. De lo ridícula que era su propia existencia. Rio hasta que se le saltaron las lágrimas.

Pasaron varias semanas. En ese momento, en el pueblo donde vivía estaban de luto y lloraban la muerte prematura de un joven tras haber pasado un tiempo enfermo.

Durante la segunda noche del funeral, un hombre vestido completamente de negro llegó al pueblo. Bajo un sombrero de bambú, destellaban sus penetrantes ojos. Vestía como un guerrero, pero no llevaba espada, y cojeaba, seguramente por culpa de todos los caminos que había tenido que recorrer por su trabajo.

El Emisario del Inframundo sacó el Libro de la Vida y la Muerte, comparó el nombre que había en la piedra del pueblo con el que aparecía en el libro y asintió conforme. Tras cruzar la entrada, llegó hasta él un aroma que jamás había percibido en sus más de mil años de vida. Lo siguió hipnotizado hasta dar con una figura en medio de un estrecho callejón.

Era un hombre joven bien aseado y con una sonrisa un tanto altiva en el rostro, que esperaba sentado con las piernas cruzadas. Frente a él, un suntuoso banquete con carne, pan, vino y la fuente de aquel magnífico olor: un incensario de color verde del tamaño de su mano. Se le iluminó el rostro; se moría por probarlo todo. Por mucho que hiciese su trabajo para expiar los pecados del pasado, en momentos como ese solo quería detenerse un momento y hartarse de beber.

—Recoge eso —dijo con pesar—. Cualquier cosa que reciba de este mundo la acabaré pagando con creces.

—Pero yo ya no soy de este mundo. Esto es una ofrenda de mi familia para hacer el viaje más ameno —respondió el desconocido.

El hombre sacó una tablilla con su identidad. Leyó su nombre y asintió; coincidía con la descripción del hombre al que debía llevarse. Aparentemente tenían la misma edad y el mismo sexo, así que no tenía motivos para sospechar. Además, nadie querría que se lo llevase la muerte. A veces pasaba eso con los recién fallecidos, que tardaban un poco en dejar de parecer vivos.

El Emisario dudó un momento, pero finalmente se sentó y esbozó una débil sonrisa.

—Sírveme un trago.

El Emisario acabó cayendo sobre la mesa completamente ebrio. Parecía más bien un cadáver rígido, inmóvil. La vajilla repiqueteó y el licor acabó derramándose, pero el joven se mantenía erguido con una sonrisa socarrona incluso después de que, entre los dos, hubieran tomado unas veinte copas.

Sacó una botellita de la manga y sirvió un chorro interminable de un licor claro. En realidad, había preparado un par más, pero ese inútil era más débil de lo que pensaba. Tan ingenuo como para fiarse de aquella tablilla robada. El muchacho se alisó la ropa como si estuviera en medio de un acontecimiento importante. Luego levantó la vista para mirar al Emisario, que seguía profundamente dormido. Ni siquiera se despertó cuando le tocó la cabeza y se la echó hacia atrás, dejando expuesto su cuello.

¿Moriría si lo cortaba? ¿Incluso siendo un dios? Esa perversa curiosidad se instauró en su mente, pero la desechó al momento porque era innecesaria. Tal y como había planeado, inspeccionó sus pertenencias hasta encontrar un libro: el Libro de la Vida y la Muerte, que registraba las vidas humanas.

Frente a lo que había esperado, el destino resultó ser una línea. Pasó una página tras otra hasta encontrar el nombre que buscaba. Sonrió al encontrarlo.

Su propio nombre, con esa larga vida que nunca había merecido.

Sacó el pincel y la tinta que había preparado y pensó: «¿Y ahora qué?». No es que buscase precisamente alargar su vida como harían otros, así que no veía la necesidad de cambiar la edad. Llevarse el libro sería un problema para todos y debía tener cuidado de no equivocarse, porque aquello sería incorregible.

Se le escapó una carcajada seca.

Había algo más, una opción. Sin dudarlo, dejó el pincel al servicio del destino y escribió.

El Emisario despertó una hora después, se incorporó rápidamente y miró a su alrededor. El hombre con el que había estado bebiendo seguía allí y eso le tranquilizó. Habría sido un problema que le hubieran robado mientras dormía. Si en concreto hubiera sido el libro, aquello causaría una desgracia incalculable. Se alisó la ropa y suspiró de puro alivio.

Sin embargo, no sintió el peso del volumen en el bolsillo del pecho. Lo palpó y se percató de que estaba vacío. Su semblante empalideció mientras lo buscaba frenéticamente entre la ropa: no estaba. Se le heló la sangre, el corazón se le detuvo en seco. Entonces, el hombre frente a él comenzó a reír, cantarín. Se volvió para mirarle. Tenía el libro en la mano y lo agitaba como si presumiera de él, pero se lo entregó de inmediato cuando el Emisario le dirigió una mirada feroz.

Pasó con premura las páginas. Un objeto de los dioses había caído en manos humanas: aquello era un mal augurio. Sus ojos recorrieron ávidos las páginas hasta detenerse en una esquina donde había un nombre tachado. Toda información biográfica había sido borrada, incluido su nacimiento. Ya no era nadie. Apretó los dientes de pura rabia.

De nuevo, el joven sin nombre se echó a reír.

–¿Qué harás ahora? Aunque quisieras llevarme al otro lado, ya no hay nombre por el que llamarme. Lo lamento. En la vida suceden imprevistos, cosas de ese maldito destino. Y tú estabas destinado a que yo te engañara.

El Emisario se levantó y lo tiró todo con el impulso.

–Insensato que hablas sin saber, te deseo suerte. Te estaré vigilando muy de cerca, esperando el día en el que te des de bruces contra el suelo y vengas arrastrándote y suplicando clemencia a los dioses, llorando y arrepintiéndote de tu elección.

El joven rio lánguidamente y agitó la botellita en el aire. Derramó el líquido que quedaba en el suelo. Lo vertió todo: una ofrenda a los espíritus de la tierra.

–Se llama impotencia, lo he experimentado muchas veces. Tengo una pregunta. Si no soy humano ni tengo nombre, ¿significa eso que soy un dios? Al haber cambiado el destino con mis propias manos, ¿no me convertiría eso en uno?

La botella vacía cayó al suelo y rodó suavemente en el silencio del amanecer. El joven levantó la cabeza y miró al Emisario. Sus desvaídos ojos verdes refulgían de desprecio y cinismo. El Emisario estaba furioso y el nudo en el estómago le impedía actuar.

Solo podía mirar a aquel chico que se había tomado la justicia por su mano. Había pecado al romper las reglas, al ignorar la diferencia entre libertad e indulgencia. Conocía bien el final de un acto tan desafiante. Él mismo había sido castigado por cortarle la cornamenta a un misterioso ciervo.

Cuando el Emisario del Inframundo se marchó, el joven se quedó solo. Pobretón solitario y ahora sin nombre, satisfecho por el mero hecho de haber tomado algo de los dioses. Seguía riendo, el aire se escapaba entre sus dientes. Estaba tan contento con ese robo sin sentido que se le caían incluso las lágrimas.

Se incorporó y se alejó dando tumbos, con el pecho ardiéndole por todo lo que había bebido. Salió por el sendero que daba entrada al pueblo y pronto se perdió entre la maleza alta.

Las risas no cesaban.

Era el sonido de quien había perdido la cabeza.

Mientras Seoju se debatía entre la vida y la muerte, Yeonseo seguía buscando la librería. Desde su última visita no había vuelto a encontrarla, lo cual era extraño. Cada vez que se acercaba a la zona, una espesa niebla la desviaba del camino. Daba vueltas por el lugar, y una y otra vez volvía a ocurrir lo mismo. La buscó en mapas, en la página del ayuntamiento, en reseñas de internet, pero nada. Parecía que nunca hubiera existido. Era frustrante.

Aquel era el cuarto día que iba y, nada más volver a casa, se quedó dormida de puro agotamiento. Esa noche tuvo un sueño extraño.

Estaba sentada frente a una mesa en lo que parecía la estancia de una casa antigua, con armarios de nácar, cojines de seda y adornos de porcelana. En su sueño, aquella era su propia habitación. Contempló los objetos que tenía en la mano: una figurita que parecía bonita, pero veía borroso y no conseguía distinguirla bien. Al final enfocó la mirada para distinguir la silueta y se concentró lo máximo que pudo hasta que distinguió su verdadera forma: eran las figuras de los patos, exactamente los mismos que había visto en la librería. Los apretó en su mano. Luego agarró la cabeza del macho y tiró con rabia de ella, como si le guardase rencor por algo.

El pato se hizo añicos con un crujido y cayó al suelo algo que tenía dentro. ¿Había estado ahí todo el tiempo? Yeonseo no lo sabía, pero la mujer que era en el sueño sí parecía conocerlo. Al girar la cabeza se encontró con su propio reflejo.

Guardaba cierto parecido con ella: facciones afiladas y sombrías, ojos brillantes llenos de determinación por cumplir sus objetivos. Eso era lo que le transmitía. Y una frustración retorcida que anidaba en su pecho.

Quería preguntarle muchas cosas a esa desconocida. «¿Qué demonios anhelas? ¿Qué pretendes hacer?».

Entonces recogió algo del suelo y se lo puso en la palma de la mano. No podía verlo bien, pero era oscuro y áspero al tacto. Lo acarició con sutileza para adivinar su forma, como si fuera algo preciado, algo que pudiera llegar a cambiar su destino. Un susurro le salió de los labios:

–Nos volvemos a ver.

A su lado escuchó un grito y se dio la vuelta, asustada, a punto de gritar también. Alguien se acercaba. Intentó ver quién era aquella persona, pero no pudo. Solo advirtió que iba vestida de negro.

Luego un manto de oscuridad lo cubrió todo y, una vez más, Yeonseo se ahogó en un mar sin luz. Cerró los ojos.

Cuando volvió a abrirlos, seguía en la cama. Pasó un rato hasta que fue capaz de moverse. Había sido un sueño muy lúcido y todavía tenía la sensación de estar allí. Fue calmándose poco a poco, hasta recuperar el sentido de la realidad.

Se levantó y fue a por la figura del pato, que había dejado encima de la mesa. Parecía mucho más desgastado de lo que estaba en su sueño, pero era el mismo.

Desde que había empezado a visitar la librería, había tenido varios sueños extraños a los que no había dado mucha importancia. Los sueños son fragmentos de realidad, nos hacen rememorar las experiencias que vivimos despiertos. Así pues, tenía sentido soñar con una librería que le había impresionado tanto, o al menos así lo había interpretado.

Pero esa vez había sido diferente, porque las emociones en el sueño habían resultado muy reales. La rabia y la resignación, la determinación de aquella mujer por cambiar su realidad. Quedaba bien clara su intención sin necesidad de conocer los detalles.

Seoju, ese hombre. La mujer parecida a Yeonseo lo deseaba, anhelaba volver a encontrarse con él. Aguardaba con una mezcla entre amor y resentimiento.

Cogió la figura del pato por el cuello. Por estúpido que pareciese aquello, no podía ignorarlo sin más. La mujer del sueño le había dado una pista. Apretó un poco, oyó cómo comenzaba a quebrarse y se detuvo un instante para pensar: ¿qué pasaría al romperlo? Enseguida se respondió a sí misma. Lo que fuera, pero tenía que volver a encontrarse con él. La figura se rompió por la mitad y dentro de ella había un pedazo de papel muy fino enrollado en varios pliegues, que envolvía algo más duro.

Lo fue desplegando con sumo cuidado, descubriendo poco a poco los pliegues amarillentos hasta que aparecieron unos caracteres escritos. Ansiosa por saber su significado, intentó buscarlos en internet. Miró con detenimiento cada uno de los trazos y las sílabas que formaban. Había una palabra que había visto antes y, gracias a eso, consiguió averiguar el significado de las restantes. Cuando lo desdobló por completo, se reveló la verdad y reconoció el mismo objeto que había recogido del suelo en su sueño, aunque entonces no lo hubiera visto con claridad.

Supo lo que tenía que hacer a continuación como si alguien le hubiera dado las instrucciones. Agarró con fuerza aquello que había sacado del interior de la figura y sintió la aspereza al tacto. Tenía la forma de un tirachinas de madera, pero Yeonseo conocía la utilidad real de aquel objeto tan antiguo. Era la única manera que tenía de volver a encontrar la librería.

En el papel rezaba lo siguiente:

Úsalo para contárselo a los dioses.

Era un día sombrío, el cielo estaba encapotado y había humedad en el ambiente. Un clima poco típico para finales de otoño. No era la mejor jornada posible, pero tampoco podía esperar más. Llevaba tres días preparándose.

Se puso un jersey grueso, pantalones de chándal y zapatillas deportivas. Parecía una aficionada más al senderismo. En una mochila pequeña metió todo lo necesario para llevar a cabo su plan y, por último, cogió la figurita del pato mandarín partido por la mitad.

Lo dejó un momento en el suelo, preocupada. Le daba pena verlo así, roto y vacío por dentro, así que sacó una venda de la mochila y lo envolvió con ella. Finalmente lo dejó allí, frente a la entrada, y se marchó.

No había casi nadie subiendo la montaña, seguramente por el clima. Yeonseo ascendió siguiendo la ruta con paso enérgico. No es que tuviera una equipación especial, pero el simple hecho de ir vestida con esa ropa le hizo el camino más cómodo. Muy diferente a aquella primera vez en la que había subido la montaña con sus Converse, de manera imprudente. Con razón, aquello casi había acabado en un desastre. Se sentía ridícula al recordarlo, pero también fue gracias a eso que había descubierto la librería.

Cuando llegó frente al cartel de la ruta de principiantes, se paró y miró alrededor. No había ni un alma. Respiró hondo y se adentró por el mismo camino que había tomado en la primera ocasión. Por suerte esta vez no se perdió, sino que siguió avanzando con la seguridad y la velocidad de quien conoce su destino hasta quedarse sin aliento.

En menos de treinta minutos estaba ante el despeñadero de rocas de granito, todavía más lúgubres teñidas por la oscuridad del cielo.

Dio unos pasos hacia el borde mientras el viento azotaba con tanta fuerza que no fue tarea fácil hacerlo, pero al final encontró un buen hueco para sentarse y sacó todo lo que había traído consigo: un cuenco, arroz instantáneo, una botellita de agua y el asta del ciervo. Colocó todas las cosas alineadas sobre el pañuelo en las que las había traído envueltas. Luego sirvió el agua en el recipiente vacío a modo de ofrenda. Era bastante pobre en comparación con el altar del que se hablaba en la historia, pero la intención era lo que contaba. Y ella estaba ofreciendo todo aquello con la mayor sinceridad.

Juntó ambas manos, cerró los ojos con fuerza y esperó con fervor en su corazón. «Por favor, dioses, ayudadme. Solo quiero darle las gracias como se merece. Hay muchas cosas que no he podido decirle y me gustaría hacerlo. Es la primera vez que os pido algo. Espero que me ayudéis a poner fin a todo este extraño suceso de mi vida».

No pasó nada.

Yeonseo entreabrió los ojos; solo el asta del ciervo se agitaba, como si el viento fuera a llevársela volando en cualquier momento. Ahogó un grito y se apresuró a cogerla, pero el agua del cuenco se estaba desbordando y trató de taparla con una mano. ¿Qué había hecho mal?

Sacó algo más de su mochila.

Cuentan que hay muchas formas de interactuar con los dioses. Una de ellas es a través de un ritual donde se prepara y sirve comida como ofrenda, otra más simple es la de la cultura vikinga. Sin embargo, en Corea también se solía comunicar con ellos después de celebrar un ritual conmemorativo. Una costumbre que llevaba haciéndose desde la antigüedad por todo el mundo.

Así que Yeonseo sacó el mechero y prendió fuego, el cual no tardó en extinguirse por la fuerza del viento. Esta vez, después de vaciar y limpiar el cuenco, colocó dentro el asta del ciervo y acercó el mechero a un trozo de papel de periódico que había preparado. Estaba más nerviosa en ese momento que cuando había estado preparando el ritual. ¿Sería por la naturaleza destructiva del fuego?

El corazón le latía con fuerza mientras llevaba el pulgar al encendedor.

—¿Estás loca? —Alguien apareció de pronto y la agarró por la muñeca. Era el hombre de negro, su cara era incluso más aterradora de cerca—. Pero traes hasta comida… ¿Tanta hambre tienes? ¿Es que no sabes lo peligroso que es jugar con fuego en la montaña? ¿No conoces la ley forestal?

Yeonseo no pudo contraatacar a sus apresurados juicios, así que dejó que el hombre se pasase un buen rato reprendiéndola mientras ella lo miraba confusa. Comenzó a enfadarse cuando él se pasó de la raya al preguntarle qué tipo de educación había recibido en casa. ¡A ella, la estudiante modelo que no había faltado a una sola clase de prevención contra incendios desde primaria!

—Ya sé que es peligroso. No soy estúpida, solo estoy desesperada. Además, vengo preparada, no he venido sin pensar.

Yeonseo le mostró la mochila y la abrió, como quien quita el envoltorio de un helado, para enseñarle algo de un color intenso y liso: un extintor.

El hombre de negro puso los ojos en blanco.

—¿Lo has robado? —preguntó con voz cansada mientras se frotaba la sien.

—¿Qué dices? Lo he comprado en internet.

—¿Y has escogido uno de tres kilos para cargarlo?

El hombre la miraba con una expresión que quería decir «¿Qué clase de loca haría eso?». Pero, justo cuando estaba a punto de añadir algo, suspiró y, sin abrir la boca, cogió el asta del ciervo que estaba en el cuenco. Yeonseo alargó los brazos para quitárselo, pero, por mucho que lo intentase, él era mucho más alto y acabó lanzándole una mirada tan burlona como la sonrisa en la que se curvaban sus labios.

–¡Devuélvemela! –gritó ella.

–No sé si lo sabes, pero esto era mío. ¿Es que no hay que devolver las cosas prestadas a sus dueños después de utilizarlas?

–¡No la he usado! ¡Todavía no he acabado con ella! ¡No se ha solucionado nada y me muero de rabia!

–No nombres a la muerte tan a la ligera. Tengo trabajo y me estás fastidiando. Acabas de pedir encontrar la librería, ¿no?

El viento le zumbaba en los oídos. Yeonseo parpadeó, inmóvil. ¿Cómo podía saber aquello? Lo más probable era que la hubiera estado espiando antes, o siguiendo, o cualquier otra cosa. Pero Yeonseo lo sintió como una premonición.

–¿Has oído… mis oraciones? –preguntó avergonzada.

Él sonrió.

–Deberías terminarlas.

El descenso fue mucho más fácil. Aunque puede

que esa no fuese la definición exacta, porque Yeonseo tuvo que ayudarse del brazo del hombre para mantener el equilibrio.

Dieron un paso más y allí estaba: la librería.

Abrió la boca sorprendida por el repentino cambio del paisaje circundante. ¿Era obra de algún tipo de habilidad para transportarse en el espacio y el tiempo como de la que hablan en las historias de ciencia ficción?

Yeonseo clavó los ojos en aquel hombre con renovada curiosidad.

—¿Qué miras? —espetó él sin rodeos—. ¿Es que esperabas que bajase la montaña a pie? El Emisario del Inframundo siempre ha usado el teletransporte.

«¿Emisario del Inframundo? ¿Teletransporte? ¿Esas cosas no aparecen solo en las novelas?», pensó ella. Después se pellizcó la mejilla para asegurarse de que no estaba soñando, pero sintió el hormigueo. Esa vez no se había caído por ningún precipicio ni estaba imaginándose nada. Todo era real.

Alzó la mirada hacia la librería que tanto había estado buscando; al fin la tenía delante, aunque era diferente a como la recordaba. No en forma, sino porque faltaba la extraña vivacidad, tan sutil y apenas perceptible, que solía tener. Bien podía tratarse de una bestia gigantesca que se hubiera quedado dormida allí y hubiese adquirido la forma de esa librería, que todavía conservaba sus fantasías de antaño. Una ilusión repetida en incontables historias. Algo así.

Ya no se percibía ese resplandor de vida. En tan

solo unos pocos días, el muro exterior había quedado completamente cubierto de enredaderas y hojas que no dejaban ver su verdadera apariencia. La pared verde que parecía musgo estaba agrietada, algunas zonas se habían derrumbado y la puerta había quedado bloqueada por las plantas. A través de la ventana rota solo se veía oscuridad.

La librería, que antes había parecido una ensoñación diurna, era ahora un montón de escombros sin vida. ¿Qué habría pasado entonces con él? Le recorrió un escalofrío. Estaba a punto de preguntar por su paradero cuando el hombre se le adelantó.

–Está dentro.

Lo cual era un problema, porque no parecía que la puerta fuera a abrirse fácilmente. «¿Desde cuándo está todo así?» quiso preguntar, pero salió otra cosa de sus labios:

–¿Qué tengo que hacer para encontrarle?

El hombre miró a Yeonseo con curiosidad.

–¿Que cómo vas a encontrarlo?

–Sí.

–No tienes poderes. Eres una simple humana que desconoce su propio futuro. Has estado viviendo como una infeliz y ahora pretendes cambiarlo todo con la ayuda de los demás. Mira bien: ¿crees que tienes algo que hacer contra eso?

Señaló con el pulgar la librería a su espalda. La forma en que las enredaderas crecían entremezcladas las unas con las otras auguraba desde luego un poder inimaginable detrás de ello.

La pregunta del hombre tenía todo el sentido del mundo. Si hubiera sido la Yeonseo de antes, le habría llevado tiempo dar con una respuesta. Pero, por extraño que pareciese, sabía qué responder.

–Lo pondré a salvo. No quiero dejarle en un lugar así –anunció con voz inquebrantable.

–No lo entiendes. Te lo explicaré de manera más simple. Esto es un desastre natural, una fuerza destructiva para los humanos. Ese inútil ha despertado la ira de los dioses y no importa si esa era su intención o no, este es el resultado. Y tú eres débil. Digamos que consigues entrar después de cientos de intentos y escapas con él, ¿de verdad crees que habrá un lugar seguro para vosotros dos?

Volvió a señalar la librería. Le había preguntado si habría algún lugar seguro para ellos, pero Yeonseo se había quedado estancada en otra cosa: la ira de los dioses. Conocía la historia de un niño que había sido desdichado por eso mismo. Un niño que no había sabido manejar su destino, que lo había perdido todo por un error ínfimo. El protagonista de la historia que había escuchado el primer día en la librería. Y aquel hombre le acababa de decir que el asta era suya. Se quedó boquiabierta una vez más de la sorpresa.

–¿Eres el niño que cortó el asta al ciervo? –El hombre arqueó las cejas y, antes de darle tiempo a protestar, Yeonseo continuó–: Dejaste que la suerte se te escapara con tus propias manos. Si te hubieras quedado quieto, habrías sido príncipe y habrías vivido feliz con una familia. ¿Por qué lo hiciste? ¿Por qué fuiste a buscar al ciervo?

—Eres muy valiente en esta vida. ¿Es que todavía no sabes a qué me dedico? Sí, yo le corté la cornamenta. Y sí, me castigaron a ir y venir entre ambos mundos. Así es, soy el dios de la muerte que guía las almas humanas. Al que en las historias llaman el Emisario del Inframundo.

—Sé quién eres.

—¿Ah, sí? Y, entonces, ¿quieres morir?

Aunque lo dijo explícitamente con esas palabras, sonó bastante profesional. Yeonseo negó con la cabeza.

—No. Pero empatizo con tu elección.

—¿Qué derecho tienes a entenderlo? ¿Quién te da permiso?

—La empatía es cosa mía. Siento compasión por ti. Y perdona, pero no necesito permiso de nadie para sentir nada. Solo creo que sé por qué lo hiciste. Eras pequeño y no tenías nada. Dicen que no hay que darle comida grasienta a quien ha pasado mucha hambre porque no podrá digerirla. Y tú no tenías la capacidad de aceptar la suerte que te había encontrado.

Yeonseo no titubeó, aunque el hombre la siguiese fulminando con la mirada.

—¿Y qué?

—¿Era por miedo a no intentar nada? ¿Merecías ser feliz de verdad? No tenías manera de comprobarlo.

Le recordaba a ella en el pasado. A aquel tiempo en el que tenía miedo de que alguien le gustase. A sus dudas sobre si sería adecuada para otra persona, las mismas que la llevaban a evaluar sus propias capacidades. Nada de eso tenía sentido al final.

–Ha pasado mucho tiempo, pero déjame darte un consejo: no pienses más en ello. Tu situación puede mejorar en cualquier momento, o empeorar. Y eso es lo que importa. –Mientras ella hablaba, la herida en el tobillo del hombre comenzó a palpitar. Un dolor fantasma que aún le quedaba de una herida que todavía no había sanado del todo–. No basemos nuestras capacidades en esperanzas mínimas.

Él guardó silencio y eso llevó a pensar a Yeonseo si se había dejado llevar demasiado y había hablado más de la cuenta. ¿Le había provocado con sus consejos inútiles? Fuera como fuese, no podía cerrar los ojos a la situación e ignorar que allí había una persona encerrada. Fingió mantener la calma mientras examinaba su rostro y él desvió la mirada, pensativo.

Yeonseo dio un paso atrás, por si acaso se había enfadado.

–Oye, tú.

Pero no había enfado ni alegría en su tono.

–¿Por qué siempre te comportas así? Resulta que yo también tengo un nombre, me llamo Heo Yeonseo –protestó ella con firmeza.

Por muy asustada que estuviese y por muy cobarde que fuese, eso no significaba que no supiese enfadarse.

–Dices que conoces mi historia, que me entiendes…

Pues entonces, respóndeme: ¿cómo te comportarías tú si hubieras vivido todo esto? –respondió él.

–No todos los que han pasado por dificultades se comportan así. Para cambiar eso se supone que existe la sociedad, los sistemas, la educación. Si sigues tratándome así, yo también te acabaré llamando como me dé la gana.

–¿Cómo?

–Oscurito, por ejemplo –dijo, alzando deliberadamente la barbilla.

Pronunció el nombre como quien llama a un perro.

El enfado, que él normalmente disimulaba, volvió a resurgir con la firmeza de un muro de piedra, pero se apaciguó tras lo que le pareció una tormenta interminable y pudieron continuar la conversación.

–¿No vas a preguntarme donde encontré el asta?

–Eso ya lo sé. En la figura del pato.

–¿Eh?

Siendo algo que había cambiado su vida, ella imaginaba que lo habría buscado por todas partes. Era importante, le gustase o no. No se trataba de una cosa sin importancia que uno dejaría en cualquier sitio. Pero si sabía dónde estaba, ¿por qué no lo había buscado hacía tiempo para quedárselo, deshacerse de él o devolvérselo al ciervo?

–No te creas que lo sabes todo. Esa asta ya no significa nada para mí. La encontré y luego la perdí. Y tú la encontraste y me la entregaste...

–¿Yo?

–Bueno, tú en una vida pasada.

Se le aceleró el corazón. Vida pasada, vida antes de una reencarnación. Esa idea ya le había venido antes, durante el sueño que había tenido, y, si era así, había algo que la inquietaba. En su sueño, la Yeonseo de una vida anterior añoraba a ese hombre con un sentimiento muy fuerte. A juzgar por el entorno, eso debía de haber ocurrido hacía cientos de años. ¿Cómo podía ser el mismo que entonces? ¿Significaba eso que no envejecía? ¿Que no moría?

Al ver su mirada inquisitiva, el hombre se encogió de hombros. Su actitud le decía que averiguara el resto por sí sola. Iba a ser difícil sacarle más información.

Pero tenía una pregunta más antes de pararse a pensar en cómo entrar en la librería.

—En esa vida… ¿por qué te di el asta?

—Ella quería ver a alguien. Como tú ahora. A mí ya no me servía para nada, no era importante. Pero ella tenía coraje, así que la ayudé. Igual que a ti.

—¿Por qué? ¿Por qué quería verle?

Miró a Yeonseo de manera inquisitiva.

—¿Quieres saber qué clase de relación teníais?

Claro que quería. A juzgar por la conversación que habían tenido, parecía que seguía buscándolo en cada una de sus vidas. Si la razón era el amor, no había problema. Pero ¿y si se odiaban? Su relación podría estar basada en un profundo resentimiento. El amor y el odio están a una página de distancia, ambos impulsados por la misma fuerza motora. El deseo de la mujer le parecía complejo: mitad afecto, mitad resentimiento.

El hombre, que había permanecido en silencio mientras tanto, le dio la espalda y se dirigió a la puerta de la librería. Alzó una mano y las enredaderas quedaron reducidas a cenizas de un negro intenso. Más que fruto de un poder de destrucción, le pareció el proceso natural de deterioro de la vida. Sacó algo del bolsillo de su chaqueta: una flor de color púrpura, un corazón sangrante y una vasija hecha con una calabaza.

–Ya sabes cómo se usa uno de ellos. El otro te ayudará, pero tendrás que descubrirlo por tu cuenta. A partir de ahora, todo depende de ti –dijo entregándole ambas cosas.

La puerta se abrió dando paso al abismo. La luz desaparecía a un paso de distancia de la entrada y dejaba una cortina de oscuridad frente a ella. Yeonseo giró un poco la cabeza hacia el hombre, que la miraba de brazos cruzados sin intención de añadir nada más.

Ella asintió en respuesta y entró. La oscuridad se la tragó por completo.

–Suerte. Lucha contra el destino, haz que merezca la pena –murmuró el hombre para sí mismo mientras contemplaba el hueco por el que Yeonseo había desaparecido.

Sacó el pedazo de asta cortada del bolsillo de su chaqueta. Él también había pasado mucho tiempo maldiciendo al destino, pero había vivido tanto que ya se había cansado de hacerlo. Puede que por eso el final de aquel arrogante le pareciera insignificante. No era más que un tonto que había decidido borrar su nombre del Libro de la Vida y la Muerte. Solo había una cosa que le hacía sentirse igual a aquel idiota: que ambos tenían el mismo deseo de luchar contra el poder más indestructible.

Y un día apareció aquella mujer que se le parecía tanto. Ambos estaban unidos por un fuerte lazo. Ella hablaba con arrogancia, convencida de salvarle, aunque las esperanzas fueran pocas. Eran dos insolentes autoindulgentes.

El asta de ciervo quedó, en sus manos, convertida en ceniza de mil colores y se dispersó en el aire. Se la habían robado de nuevo solo para que todavía no olvidase su resentimiento. Pero, después de causar el caos entre los humanos, ya era hora de que regresase al lugar donde pertenecía. A un pobre e inocente ciervo.

Esbozó una sonrisa de alivio y comenzó a caminar con calma. Era el momento de acompañar a alguien al lugar donde debía estar.

En el interior de la librería solo había una luz débil que apenas dibujaba el contorno de las cosas. Yeonseo se adentró sin que nada la atrapase, palpando a su alrededor conforme avanzaba con cautela.

En algún punto se detuvo. Por lo que recordaba, allí debía de haber un arco, pero no conseguía encontrarlo. No sentía su presencia cerca. Se colocó de espaldas a la pared para mirar a su alrededor, donde todo era cada vez más oscuro. Ahora incluso los contornos se difuminaban y daban al lugar un aspecto todavía más tétrico. Alargó un brazo y lo movió como si limpiase una ventana, pero no encontró resistencia alguna. Solo una oscuridad impredecible hormigueando en las yemas de sus dedos que le hizo retirar el brazo de inmediato con la piel de gallina.

Cuando fue a apoyarse de nuevo contra la pared, nada. Donde antes estaba el muro, ahora había vacío. Sin darse cuenta había acabado en medio del abismo, tragada por la penumbra. Nada que predecir, ninguna dirección por la que continuar.

Se agachó lentamente para tocar el suelo. Evidentemente, no esperaba que fuera fácil. Buscó a tientas la dirección por la que había venido con la idea de volver a empezar desde el principio. Avanzó un paso, nada. Dio otro estirando los brazos. Hueco. El miedo serpenteaba por su espalda y se irguió para tratar de calmarse.

La niña apareció ante ella como una luna despejada de nubes. Yeonseo no supo cómo lo había hecho ni de dónde venía. A diferencia de otras veces, tenía el pelo plateado y el ondeante vestido que llevaba era de un tono níveo gélido que parecía resplandecer con luz propia.

Le bastó con ver su nueva apariencia para saber de quién se trataba. Si el hombre de antes era el protagonista de la primera historia, la niña debía de ser Okto, la protagonista de la segunda. La diosa de aquel relato tan triste.

Okto se acercó a ella, impávida.

–Hola, clienta.

–Tú…

–Sí. Yo tampoco soy humana. Oscurito ya te lo ha dicho, ¿no?

Señaló el pantalón de Yeonseo, cuyo bolsillo emitía la suave luz proveniente de la flor que había guardado ahí: el corazón sangrante púrpura con cuatro brotes.

–Dámela –espetó.

Yeonseo no sabía mucho de esa flor, pero cualquiera se habría dado cuenta de que era algo importante. Se llevó la mano al bolsillo, precavida.

–No puedo. Es…

–No era una pregunta.

Una serpiente de oscuridad se le enroscó en la muñeca, la atrapó y Yeonseo trató de liberarse inútilmente. Algo le aprisionaba los brazos y empezaba a estrangularla tomando la forma de las mismas enredaderas que cubrían el exterior de la librería. Se ahogaba por la presión que ejercía sobre ella aquella fuerza magna e imposible de combatir. Ahogó un gemido. Los pies se le elevaron en el aire, o el suelo se alejó de ellos. Le dolía tanto que no podía hablar.

No podía morir así. Luchó por estirar las piernas y agitar los brazos, como una mariposa atrapada en una telaraña. Pero era en vano, un intento ridículo para quien lo pudiese ver desde fuera.

La calabaza que llevaba en la cintura cayó al suelo y la tapa de la vasija se abrió con un tintineo. De ella comenzaron a salir innumerables cosas negras, un enjambre de moscas y cuervos. Fueran lo que fuesen, aquellos seres destructivos se tragaron la oscuridad y en un momento el corazón del abismo quedó expuesto: *kudzu*. Aquellos depredadores devoraron por completo las enredaderas antes de volver a ser aspirados hacia el interior de la calabaza.

Una vez desaparecida la oscuridad, se reveló el interior de la librería. No había daños destacables, solo estaba hecha un desastre. La luz roja del atardecer se filtró por la ventana rota y dio paso a una noche estrellada.

Por fin libre, Yeonseo tosió repetidas veces. Cuando levantó la cabeza y se tocó el cuello entumecido, vio a la niña con expresión de enojo y el ceño fruncido.

–Demonios del infierno. ¿Te los ha dado él? –murmuró y apretó los dientes.

Demonios hambrientos que devoran cualquier cosa con vida. Un poder insignificante para los dioses del Inframundo que tienen el control sobre los espíritus, pero un incordio para las divinidades del mundo. Sobre todo, para dioses originarios de la creación. Justo como Okto.

–¡Escuchadme! –chilló en un estallido de rabia–. ¡Los humanos sois débiles! ¡Podría mataros moviendo un solo dedo! ¿Para qué queréis el poder de los dioses? ¡Tenéis tantísimas cosas! ¡Yo solo quería que fueseis felices y que jugaseis conmigo!

Okto se echó a llorar. Lo hizo hasta que se le enrojeció la nariz y entonces solo quedaron sollozos. Yeonseo venció su agotamiento y se incorporó para acercarse a ella. Cuando la abrazó, la inundó la misma calidez que la noche que escucharon juntas la historia en la librería.

—Siento que seamos tan débiles…

Estaba claro que la niña era peligrosa, pero Yeonseo sentía una lástima infinita por ella, porque le gustaba la gente y eso la hacía sentir aún más sola. Ahí, acunada entre sus brazos y envuelta en su dolor, parecía realmente una niña pequeña. Le dio unas palmaditas en la espalda hasta que dejó de sollozar y se quedó en silencio. Yeonseo la estrechó todavía más en sus brazos. Después, se apartó buscando sus ojos, ahora enrojecidos, pero igual de brillantes que el agua cristalina.

Okto le dio un toquecito con el índice en la frente y Yeonseo la dejó hacerlo sabiendo que no le haría daño. Una sensación cálida se extendió desde el mismo punto donde había posado la yema de su pequeño dedo. Cerró los ojos y las imágenes se materializaron bajo sus párpados cerrados; una tras otra, estallaron como capullos en flor. Segmentos de una vida pasada.

Bajo el acantilado, el último instante de su vida. Caía, caía, y de pronto se hizo pedazos. En la noche más oscura, las hojas de los árboles se mecían con el viento, el rocío resplandecía en las briznas de hierba. Y ella moría. Maldita y triste vida…

Cuando Yeonseo abrió los ojos, Okto susurró algo entre sollozos.

—Así es Seoju. Quiere expiar tus pecados, porque cada una de tus muertes ha sido por su culpa. Pero ha conseguido cambiar tu destino, ahora podrás vivir tranquila y él pagará el precio. ¿Recuerdas la flor?

Si Okto no le hubiera atravesado el pecho, Seoju habría recibido un castigo mayor. Los dioses pueden llegar a ser infinitamente crueles y la pequeña divinidad lo sabía.

Agarró las manos de Yeonseo.

—Vuelve… Por fin puedes ser feliz.

—¿Qué precio ha pagado?

—No me preguntes eso. No quieras saberlo.

Por muy sinceras que fueran sus intenciones, Yeonseo se negaba a aceptarlo. El recuerdo que acababa de contemplar la había fortalecido. En lo más profundo de su corazón, algo gritaba que tenía que volver a verle, que todavía quedaba mucho por resolver.

—Lo siento. Yo… quiero saberlo todo y juzgar por mí misma. Da igual si me hizo daño, no pasa nada. Es mi vida, es cosa mía. No quiero vivir fingiendo que no sé nada.

—¿Y si el dolor y la tristeza son insoportables?

—Entonces tú estarás ahí para consolarme —respondió, limpiándole las lágrimas de los ojos a Okto y dedicándole una sonrisa—. Leeremos libros juntas.

Te enseñaré mis historias, serás mi primera lectora. ¿Qué te parece?

Después de aquella conversación, Yeonseo se levantó y avanzó por el pasillo. Creía saber dónde encontrarlo. Abrió la puerta que llevaba al jardín interior y la cruzó sin vacilar.

Sin embargo, el enfado de Okto no había desaparecido por completo. Resopló, se cruzó de brazos sentada y miró a su alrededor en busca de algo contra lo que liberar su frustración.

—¡Son tontos! ¡Jóvenes e insensatos! —gritó a la nada.

En respuesta, se escuchó el ruido de un animalito que se removía en alguna parte: un ratoncillo de pelaje blanco. Okto extendió las manos cuando lo vio acercarse a ella, dejó que se le subiera encima y luego se lo acercó a la punta de la nariz. El ratoncillo emitió un ruidito como si le estuviese hablando.

—No puedo hacer nada, Mago —le respondió Okto—. Los humanos son débiles, pero ellos son mis amigos y los quiero…

El animal se frotó contra la frente de la niña para consolarla. Sintiéndose algo más aliviada, Okto miró la puerta cerrada por la que Yeonseo había desaparecido. La clienta continuaba visitándolos en cada una de sus vidas y sus abrazos seguían siendo igual de reconfortantes. Daba igual que fuese una anciana, una soldado con un brazo amputado o una joven tranquila como lo era ahora. En cada una de sus reencarnaciones volvía para abrazarla y recordarle que la quería y la cuidaría siempre. A Okto le encantaba y por eso aguardaba por ella una vida más.

Suspiró de nuevo. Había vivido tanto como el propio mundo y la espera le seguía pareciendo eterna. Había pasado tanto tiempo desde que conoció por primera vez a quien la había llevado sobre sus hombros y le daba pastelitos de arroz con miel. Su primer amigo. Ese que siempre tenía una sonrisa bobalicona en su cara desfigurada.

Okto alzó la mirada hacia la luna y murmuró:

—Vuelve ya. Te echo de menos.

El jardín también había quedado hecho un desastre: rocas derrumbadas que habían dejado escombros por todo el suelo, pétalos aplastados, farolillos rotos. Yeonseo se detuvo sin saber muy bien qué hacer, porque si liberaba a los demonios de la calabaza, la enorme enredadera que lo cubría todo desaparecería, pero el resto de la caverna podía acabar por derrumbarse.

No tenía elección. Se ató con más fuerza los cordones de las botas de montaña y empezó a trepar por las lianas que subían y bajaban a su antojo. Mantenía el foco en el pabellón a lo lejos, el último lugar donde lo había visto, guiada por una intuición férrea. Como una paloma mensajera de vuelta a su hogar. Él seguía allí.

Mientras avanzaba sin descanso entre los espinosos arbustos, le vinieron todas las preguntas de golpe. ¿Qué tipo de relación tenían? ¿Y cuál podrían llegar a tener? Todas esas cuestiones atravesaban su mente y ella las apartaba, concentrada en la única idea de encontrarlo.

Por fin llegó al arroyo; el pabellón estaba cada vez más cerca. Asomó la cabeza por encima de las enredaderas y distinguió a lo lejos la figura del hombre entre las columnas. Se fijó también en algo blanco en el suelo, hecho un revoltijo: su *dopo*. Debía darse prisa. Solo faltaban unas cuantas ramas que cubrían lo que antes había sido el puente del arroyo, del que ahora solo quedaban pedazos. Se arremangó los pantalones y se metió en el agua. El arroyo debía de tener unos veinte pasos de ancho.

Cuando alcanzó la mitad, un dolor agudo le atravesó el tobillo. Levantó la pierna y vio que tenía un arañazo, seguramente causado por una astilla de madera. De la herida abierta manaba sangre, pero no tenía tiempo de vendarla, así que volvió a meter el pie en el agua y tiñó de rojo todo lo que había a su alrededor.

No sabía cómo iba a subir la cuesta de la colina con la pierna así, pero siguió el camino lo más rápido que pudo, con la herida palpitándole. Le faltaba el aire y le pesaba todo el cuerpo, como si algo tirase de ella todo el rato. Llegó con la pierna prácticamente a rastras. Esa vez no se detuvo a mirar el paisaje, sino que atravesó las columnas y buscó al hombre.

Estaba reclinado e inmóvil como las otras veces. A simple vista, parecía dormido. Los ojos cerrados y el pelo acunaban una cara angelical que a veces parecía el rostro perturbador de un *dokebi*. Se acercó para agacharse a su lado y el olor a sangre la golpeó con fuerza. Tenía la camisa empapada y rota, que dejaba visible la hendidura abierta en el pecho. También sus labios estaban cubiertos de sangre. Yeonseo intentó limpiárselos con las manos, pero era inútil, solo consiguió que se manchase más.

Le quedaba una única cosa por intentar. Sacó la flor del bolsillo del pantalón y sus pétalos se agitaron como campanillas. A continuación, le agarró una mano, flácida y sorprendentemente fría. Le colocó la flor en la mano y la llevó a la herida del pecho.

Nada cambió. En cuanto le soltó la mano, esta se deslizó hacia abajo y soltó la flor.

Yeonseo la recogió y lo tumbó para volver a colocarla sobre su pecho, una imagen que le hizo llorar porque lo mucho que recordaba a un cadáver. ¿Qué le había hecho pensar que podía controlar el destino de los demás?

Se aguantó las ganas de agarrarle por los hombros y sacudirlo para reanimarlo.

—Vamos, despierta. Tienes muchas cosas que explicarme. ¿Qué nos pasó en otra vida? ¿Qué me hiciste? ¿De verdad morí por tu culpa? —Había otras tantas cosas que quería decirle, pero esas primeras palabras salieron sin pensar—. No sé lo que fuimos, pero sé que me gustas. Y te agradezco mucho tu ayuda. Gracias a ti, ahora puedo hacer lo que tanto quería. Tienes que volver. Igual que yo he vuelto, vuelve tú ahora.

Y sucedió, entre susurros y sollozos. Los brotes de la flor emitieron un brillo tenue e iluminaron como linternas, como la luz que guía las almas perdidas. Una a una, bañaron su cuerpo en luz.

Del primer brote surgieron los huesos. Del segundo, la sangre. Del tercero, la carne. Y del cuarto, el aliento.

El rubor regresó a su tez. Los párpados temblaron levemente antes de abrirse y mostrar sus pálidos ojos de jade, que escrutaron el entorno hasta posarse en Yeonseo, que seguía a su lado.

—Te estaba esperando —susurró él.

—Esperando… ¡¿Esperándome medio muerto con un agujero en el centro del pecho?!

Él emitió un quejido por respuesta. No se esperaba esa reacción de su parte. Se incorporó y se tocó el pecho como si percibiera el aura de la flor que antes había estado ahí.

—Una flor de reencarnación… ¿Te la dio el cliente?

—Sí. El que da tanto miedo y se supone que es el Emisario del Inframundo.

Abrió los ojos de par en par y, como vio que Yeonseo hablaba en serio, añadió:

—Para ser escritora, tiras mucho de tópicos.

—Déjate de tonterías, hablo en serio. Y no tenemos tiempo, así que dime: ¿acaso no eres humano? ¿Qué eres? ¿Un *gumiho*, un vampiro o algo así? ¿Te alimentas de tripas o de sangre para rejuvenecer y por eso me mataste en mi vida anterior?

Seoju suspiró y se cubrió la cara con ambas manos.

–Para nada. ¿Quién demonios te ha dicho eso?

–Pues si no es así, cuéntame. Deja de ocultarlo porque no vas a asustarme. Han pasado muchas cosas en poco tiempo y me he hecho mucho más fuerte.

Él suspiró, derrotado. Hizo un gesto con la mano en dirección al arroyo y una ondulación en la superficie del agua respondió a su señal. Una gotita se transformó en mariposa y voló hacia él, que había sacado un pañuelo del bolsillo. Con la ayuda de aquella mariposa de agua pudo limpiarse los restos de sangre de la cara. Las manchas en la camisa eran ya indelebles, pero al menos ahora no tenía tan mal aspecto como antes.

–No eres humano –sentenció Yeonseo sin ninguna duda.

–Soy humano, es solo que tengo amigos invisibles que me ayudan. –Cerró los ojos y levantó la cabeza para que el viento le diese en la cara. Yeonseo, sentada a su lado, esperó a que siguiese hablando–. Te busqué en sueños.

Esa declaración la dejó perpleja. ¿Cuándo? Lo supo en cuanto cruzaron una mirada profunda e intensa, una mirada con la que ya había soñado antes. Muerta de vergüenza, miró a otro lado.

Entonces, algo le cortó la respiración.

Sintió el calor en su espalda, algo que rodeaba su cintura con fuerza en un abrazo. Seoju enterró la cara en su hombro, derrotado. Sintió cómo frotaba la mejilla contra su pelo como si disfrutase del cosquilleo y le recordó a un cachorrito.

–No sabes las ganas que tenía de hacer esto –murmuró finalmente con voz cansada, más grave y lánguida que de costumbre.

El corazón de Yeonseo latía con tanta fuerza que temió que él pudiera oírlo. Se obligó a calmarse antes de mirarle con la intención de reprenderle por irrumpir en sueños ajenos sin permiso. Pero no pudo decir nada al ver su expresión, tan agotada y nostálgica. El vacío en sus ojos estaba en armonía con la ruina que los rodeaba.

–De verdad que te estaba esperando. Solo me quedé dormido porque la herida era muy profunda. Mi cuerpo no podría morir, aunque quisiera. Y sabía que vendrías. Estoy de acuerdo con que has aprendido mucho, y eso está muy bien, pero todavía hay algo más que me queda por contarte, una historia que quería dejar para el final. No he sido capaz de escribirla, porque es, por así decirlo… –hizo una pausa, su voz sonaba cada vez más distante–: una historia desagradable.

PARTE 2
El hombre eterno

Fue borrar su nombre del Libro de la Vida y la Muerte y aquellos espíritus que antes solo podía oír se hicieron visibles. Revoloteaban a su alrededor esperando a que escuchase sus historias, y su aspecto era aún más desagradable que sus voces. Cuerpos fragmentados, rostros de carne derretida que lo despertaban y le hacían fruncir el ceño. Agradecía no poder olerlos porque estaba seguro de que debían apestar a podrido.

Con el paso de los años fue acostumbrándose a tratar con ellos. Vivían anclados en el pasado, despreocupados de las cosas del presente. No hacían presunciones innecesarias, lo cual era ideal para alguien que no cambiaba con el paso del tiempo. Por supuesto, ayudaba bastante el hecho de que él no era nada aprensivo. Y de que tampoco necesitaba comer.

Hacía mucho que no sentía hambre y que había dejado de envejecer. De hecho, hacía tanto que llegó a perder la noción del tiempo. Una vez se encerró en su cueva durante lo que le parecieron semanas y, al salir, resultó que habían pasado años. Ciento setenta, para ser exactos. Toda la gente que conocía ya había muerto, y él ya no existía en ninguna parte. Nadie lo recordaba ni se preocupaba por él. Aquello no le causó mayor impresión, siempre había vivido así. Estaba acostumbrado a esa comodidad.

En el transcurso de aquella larga vida comenzó a transcribir las historias de los espíritus, llenas de rencores y resentimientos humanos, interminables y fascinantes a la vez. Resultaba curioso, a veces solo necesitaban que alguien los escuchara para liberarse. Sin embargo, aquello no le tomaba mucho tiempo, así que el resto lo pasaba durmiendo. Tenía demasiadas horas muertas y se aburría. Solía soñar mucho despierto; muchas veces se quedaba traspuesto escribiendo, mientras que otras permanecía despierto durante días y solo necesitaba dormir unas pocas horas.

Vivía en una rutina interminable en la que siempre tenía tiempo de sobra. Pocas cosas le despertaban, pero una de ellas era el hambre. Seguía sintiéndola, aunque no le iba la vida en ello, pues no podía morir.

Un día, por primera vez en décadas, se despertó sintiendo el hueco bajo las costillas y un cosquilleo en el estómago que se entremezclaba con el dolor. Se frotó la tripa. Le llevó un rato darse cuenta de qué era aquella sensación. «Ah, hambre», se dijo.

Bajó al mercado a por algo de comer. El mundo humano seguía siendo ruidoso y caótico después de tantos años. Lleno de niños corriendo y comerciantes regateando, hombres con sirvientes, otros montando a caballo. Todos ocupados de camino hacia sus respectivos destinos. Él bostezaba, sin encajar en medio de todo aquel caos.

Caminó rápido entre el bullicio: nadie le miraba ni tampoco le prestaba atención. La suya era una presencia tan insignificante que pasaba desapercibido. Cuando quiso saber el precio de un producto, el vendedor le preguntó sorprendido cuánto tiempo llevaba allí. Era un fantasma más entre aquellos que le acompañaban.

En menos de una hora ya tenía todo lo que necesitaba. Cinco libros, un montón de papel, tinta, nueve plumas y caquis para comer. La pila de papeles le sobrepasaba la cabeza y los caquis, que llevaba en una bolsita atada a la cintura, se balanceaban con cada paso. Se detuvo varias veces de camino al bosque por culpa del fajo de papel, que le bloqueaba la vista y amenazaba con caerse en cualquier momento. Fastidiado, retomó el paso.

Fue entonces cuando cometió un error inusual.

A su derecha, un vendedor de zapatos regateaba a voz en grito con el último cliente del día. Si conseguía venderle algo, podría comprarle a su hija un conjunto bonito. A su izquierda, una sirvienta se reía entre dientes mientras contaba cómo a su señora le habían roto el corazón ese mismo día. Le resultaba divertida su desdicha y comentaba el hecho de que iba a pasarse días encerrada en su habitación molestando al servicio. A su espalda, avanzaba un carro muy lento, tirado por un burro con una pata lastimada, razón por la cual el dueño no le azuzaba para apremiarle a ir más rápido. Se apreciaba pesar en los ojos del hombre. Al parecer, hacía poco que había perdido a su perro favorito.

En medio de aquel alboroto se le cayó algo. Se habría percatado en cualquier otro momento, pero no entonces, sumido en la confusión, con la pila de papel oscilando ante él y todo el caos que lo rodeaba. Miró atrás por inercia, pero el carro ocultaba el libro y el joven no llegó a verlo. El burro se había detenido y rebuznaba negándose a continuar. Así que se dio otra vez la vuelta sin percatarse de su despiste y el libro quedó atrás. Era negro, con la cubierta de seda. Nadie se dio cuenta, parecía como si en lu-

gar de caerse alguien lo hubiera colocado deliberadamente en el suelo.

Fue entonces cuando lo recogió una chica, que rápidamente buscó a su alrededor para dar con el dueño. Con los ojos fijos en la silueta que se alejaba, se
apresuró a seguirle, todo lo rápido que le permitie-
ron sus cortas piernas.

Ese fue el inevitable momento en el que los dioses
decidieron enlazar el hilo de sus destinos.

Llegó a su cueva a mediodía, cuando el sol ilumina-
ba con más intensidad. Apreció durante un instante las sombras de los árboles coloreadas de un rojo
ardiente que se abrían paso, tinta líquida que se de-
rramaba por el lienzo del cielo, precioso.

Pronto caería la noche y luego volvería a salir el sol,
siguiendo el orden natural de las cosas. Se lo recordaba a sí mismo para no olvidarlo. ¿Cuándo volvería a ver ese paisaje? Cerró los ojos y se imaginó a sí
mismo como un muñeco de nieve en primavera fun-
diéndose en el ardiente atardecer.

Entonces oyó un débil grito procedente de algún
lugar y abrió los ojos, nervioso por la repentina in-
terrupción. Nadie más podía entrar en aquella zona,
estaba bajo el conjuro de los espíritus. Estuvo a punto de darse la vuelta cuando los gritos se acrecen-
taron, más fuertes, más desesperados. Decían algo,
pero apenas se entendía. Parecía la voz de un niño.

Él alzó las cejas. Qué desgracia, una muerte precoz.

Era de esperar, porque a esa hora los demonios devoradores de almas hacían su aparición. Lo engullirían por completo y quedaría destrozado y sin poder ascender a los cielos o reencarnarse en una nueva vida. El alma de un niño siempre era más apetecible, dulce y jugosa. Si le habían atrapado, ya no podría escapar... A no ser que alguien le ayudase.

Sacudió la cabeza, dubitativo. Su destino era estar en paz con la muerte, pero los gritos se entremezclaban con sollozos, como agujas punzantes. Se giró de nuevo, irritado. Qué fastidio. Inevitablemente, acudió a socorrer los gritos, en busca de su origen. En contra de lo esperado, no era el fantasma de ningún niño, sino una chica con la cara roja de llorar con tanto ahínco. En cuanto le vio, se aferró a su cintura, empeñada en no volver a soltarle.

Él esperó a que se tranquilizase un poco para apartarla de su lado, aunque ella no dejaba de sollozar y murmurar cosas. No llegaba a pronunciar algo con sentido.

—Para hablar hay que vocalizar, ¿sabes?

La falta de tacto hizo que rompiera a llorar de nuevo como una niña pequeña. Estaba acostumbrado a esas situaciones, se pasaba los días rodeado de espíritus llorones. Así que se sentó ante ella y la miró fijamente con sus ojos de jade. La observó, y siguió haciéndolo durante varios minutos, inmóvil, hasta que por fin dejó de llorar.

La chica parpadeó, intrigada por su comportamiento, y él le dedicó una sonrisa suave como la luz de la luna.

–¿Hay algo que quieras decirme?

Ella le miraba ahora con renovado interés. Había funcionado.

Entonces sacó un libro y se lo tendió. Comprendió que aquello era lo que le había permitido entrar en esa parte del bosque. La chica le explicó que le había estado siguiendo para dárselo, pero se había asustado al ver que se hacía de noche y no había nadie alrededor.

Él se frotó la frente con cansancio. De haberla dejado sola, habría acabado siendo pasto de los demonios. Por algo se asocia la juventud a la estupidez. Le dio un toquecito en la frente con el índice y le dijo que se fuera a casa. Pero el estruendoso llanto volvió mientras se aferraba de nuevo a él, que le dio una nueva palmadita en el hombro y la apartó como pudo. La tela de su *dopo* se había oscurecido, empapada en lágrimas.

Se quedó rígido sin saber qué hacer ante una situación tan insólita.

Finalmente acabó acompañándola hasta la entrada del pueblo. Cada vez que la chica se echaba a llorar tenía que agarrarla de la mano, que ella apretaba con fuerza hasta que se calmaba. A mitad del camino la joven comenzó a quejarse de que le dolían las piernas y tuvo que llevarla en brazos. Acabó no solo con la ropa empapada de lágrimas, sino también arrugada, porque cada vez que intentaba apartarse de ella se aferraba a él con todas sus fuerzas, con la tenacidad de una estrella de mar, lo que era sorprendente para unas manos tan pequeñas. Parecía el fantasma de Changgwi, el mismo que, según contaban las historias, se pegaba a las personas. La chica tenía más de incordio que de bella.

Al rato se quedó dormida, probablemente de puro cansancio. Al fin su rostro pareció relajarse, a pesar de las mejillas coloradas de tanto llorar. No podía dejarla allí; si lo hacía, despertaría convertida en espíritu. Así que decidió avanzar resoplando por el bosque, dándole todo el rato palmaditas en la espalda porque era mejor tenerla dormida que oír su estruendoso y constante llanto.

Saltaba a la vista que la chica era de clase alta. De hecho, en la entrada del pueblo había un grupo de antorchas que probablemente estaban buscándola porque gritaban desesperados un nombre. A cierta distancia de la gente, el joven la despertó, la dejó en el suelo y le dio un pequeño empujoncito para alentarla a regresar con su familia. Ella se quedó mirando a un lado y otro, confusa, quieta.

Aquello era absurdo. ¿Se estaba planteando regresar con él solo porque la había tratado bien?

Él quería despedirse de aquella chica molesta cuanto antes. Ya había ayudado a muchos antes, pero nunca se había visto en la obligación de tener que echar a nadie. Entonces se le ocurrió algo: debía ahuyentarla, asustarla. Aquella era la especialidad de los espíritus. ¿Podría imitarla?

Se inclinó hacia ella hasta que casi se tocaron las frentes. Escuchaba su respiración entrecortada, pero no hizo nada.

–¿Qué prefieres? ¿Que te regañen o que te capture y vivir conmigo el resto de tu vida? –dijo, imitando la voz de un *dokebi*.

Cuando se puso roja como un tomate hasta las orejas, él esbozó una sonrisa satisfecha. Claro que sentía vergüenza, era una dama noble. ¿Quién se atrevería a hablarle así? Como era de esperar, la chica no respondió y salió corriendo hacia las antorchas, que enseguida gritaron al verla. Debía de ser muy querida.

Él se marchó antes de que alguien lo viera.

De vuelta, la luna brillaba con más intensidad y teñía de azul plata hasta las flores más minúsculas. La brisa removía los olores del bosque, y mezclaba el olor a piedra, musgo y hojas caídas. Se escuchaba el canto lejano de un mirlo.

Por primera vez en mucho tiempo se sentía despierto y con hambre. Había comprobado que era cierto aquello que decían de que consolar a los demás era agotador. Tendría que volver al día siguiente al mercado a por más alimento. O podría comer en una taberna por primera vez después de tanto tiempo. Habían pasado décadas desde la última vez que había saboreado algo caliente.

En cuanto regresó a la cueva, extendió una estera en el suelo y se quedó dormido. La fatiga le pesaba en los hombros y cayó en un profundo sueño, pero no soñó. Fue un descanso reparador, de esos que sirven para reposar el cuerpo y relajar el alma; no uno de esos a los que se recurre con la intención de olvidar algo.

Esa noche durmió más dulce y profundamente que nunca.

La chica tuvo el valor de ir a buscarle de nuevo. Y por mucho que él tratase de ignorarla, fue incapaz de dejarla sola chillando en medio de un bosque habitado por serpientes y demonios. Los animales más pequeños que habitaban aquel lugar sabían muy bien cómo pasar desapercibidos reduciendo el ruido que hacían incluso al masticar, pero aquella cachorrilla temeraria no.

Intentó alejarla de muchas maneras; se escondió entre los árboles y en el agua del arroyo, incluso llegó a tirarle piedras para ahuyentarla, pero ella volvía a buscarle cada vez, llorando y llamándole con la firmeza de una roca. Tenía que arreglar aquello de algún modo.

Pero ¿qué podía hacer con algo tan pequeño y delicado? Temía matarla con solo ponerle un dedo encima. Además, nunca había tratado con un ser vivo, y mucho menos se había comunicado con una chica. Al final no le quedó más remedio que pasar tiempo con ella, o mejor dicho, simplemente dejó de intentar ahuyentarla.

Hasta que un día se le ocurrió una idea brillante: le diría que la llevaría de paseo y le contaría una historia muy interesante. La condujo entre peñascos y arbustos de fresas silvestres hasta que llegaron a la entrada de una cueva escondida tras un montón de flores de albaricoque. Dentro todo estaba tan oscuro y frío como se esperaba; parecía la boca de una serpiente. La chica vaciló, pero se agarró a él mientras se adentraban por el sinuoso y húmedo pasadizo, que le hacía sentir como si estuvieran en el interior de una ballena. Al final del camino, llegaron a un espacio abierto.

El lugar era lo bastante grande como para albergar dos casas enteras. Parte del techo estaba abierto y dejaba entrar la luz del sol, e incluso había una pequeña cascada, pero no contenía más. El resto del terreno era yermo, tan polvoriento que picaba en los ojos. Los únicos vestigios de que allí había alguien eran un montón de útiles de escritura y una torre de papel cerca de la entrada.

La chica se acercó para inspeccionar la desordenada pila de libros y papeles amontonados, pero él la agarró de la mano.

—No los toques —dijo con un tono algo siniestro—. Son de los espíritus. ¿Sabes lo que pasa cuando tocas un objeto encantado? Dejas de dormir por las noches y no puedes abrir los ojos durante el día. Cada vez que enciendas fuego, el viento lo apagará y el frío será permanente. Sentirás un cosquilleo en los dedos de las manos y los pies y, entonces, cuando estés bajo las mantas y gires la cabeza... ¡Zas!

Agitó los brazos para asustarla. Ella dio un grito y se cubrió la cara con ambas manos, como si eso la protegiese de algo. Se quedó ahí plantada y él esbozó una sonrisa burlona.

–Hay muchas cosas así en este bosque. No deberías volver por aquí –añadió, severo.

La frase quedó interrumpida por un quejido ahogado cuando ella saltó a sus brazos de repente y le miró con sus ojos negros de obsidiana y una sonrisa tan inocente y deslumbrante como el mismísimo sol.

Algo iba mal: había cometido un grave error. Cuando quiso darse cuenta, la chica ya estaba rebuscando en la pila de papeles pidiéndole que le contase más historias.

Él suspiró; ya era demasiado tarde para echarla.

Ahora que había dejado de estar solo, el tiempo pasaba volando. Transcurrieron años enteros y ella creció hasta convertirse en adulta. Todavía le visitaba de vez en cuando para escuchar sus historias y escribir juntos. A él le seguía fastidiando su presencia, pero acabó por acostumbrarse a ella y a veces incluso se lo pasaba bien. Era la primera vez que tenía una relación significativa con alguien.

Un día, ella trajo algunos libros que había escrito

para enseñárselos con timidez. Quería ser escritora. Se le daba bastante bien; escribía sobre el amor y el romanticismo, unas historias muy costumbristas contadas con un tinte de lo más extraño y singular. Puede que él le hubiese influido un poco. «Parece que a señorita de buena familia no ha elegido bien sus amistades», le dijo un día y la hizo reír.

Otro día le pidió que le mostrase su firma. Pero no pudo hacerlo, pues no tenía nombre. Desde que lo había borrado ya ni siquiera lo recordaba. Vacío por dentro, había ganado la eternidad a cambio de ser un sin nombre, aún menos que un perro callejero. La joven abrió los ojos de par en par como si no se pudiese creer lo que acababa de oír. De inmediato se ofreció a darle uno y pasó un buen rato sentada cómodamente con los ojos entornados, a veces cruzándose de brazos, a veces sacudiendo la cabeza. Él la observaba tumbado a su lado. Le resultaba curiosa la expresión de su mirada, era como si estuviese haciendo algo extraordinario.

Hasta aquel momento, la chica se había referido a él como si fuese un dios o un *dokebi*. Él esperó sin tener muchas expectativas. Al cabo de un rato, por fin habló.

—Seoju, dueño de los libros.

Recordaba la primera vez que se habían visto y cómo había llorado como una cría pequeña aferrada al libro. A pesar de ser invierno, el camino de vuelta, con ella, le había resultado extrañamente mágico. Sentir el peso en sus brazos y la tibieza de un cuerpo vivo respirando a su lado había sido reconfortante.

Una mariposa blanca revoloteó cerca de su mejilla y siguió el trayecto de su vuelo, que guiaba ahora la mirada hacia el interior de la cueva. Tenía un aspecto muy distinto al de antes, ahora estaba llena de árboles en flor que cubrían todo lo que había sido tierra yerma. En primavera, albaricoques. En verano, hortensias. Había construido un puente sobre el arroyo y un pabellón de madera, y los farolillos alumbraban por todas partes. La floración de los albaricoques había traído mariposas y pájaros. El agua seguía su curso, las hojas se mecían y los pájaros cantaban. En el viento, un olor que mezclaba el aroma a tierra húmeda y frutos. A dulce y fresco, amargo y ácido. Olía distinto. Olía a vida.

Le inundaba la misma sensación que había sentido al salir de debajo de aquel suelo.

Contempló el origen de todo ese cambio: la joven sentada bajo las flores de albaricoque, reluciente como el sol de primavera, que esperaba impaciente ante sus ojos una respuesta al nombre que le había dado.

Carraspeó varias veces para aclararse la garganta, un gesto absurdamente innecesario, y buscó sus ojos para darle una respuesta. Algo le agitó el corazón. El cosquilleo de una hoja de sauce que le hizo flotar en las nubes. Nunca antes había sentido aquello.

Se obligó a calmarse para poder mantener una expresión impasible y reprimir ese nuevo sentimiento.

El sol y ella no tardaron en marcharse. Entonces se entretuvo tallando un trocito de madera. Quería crear su firma antes de que a ella se le ocurriera otro nombre más pomposo. Si creaba un sello, sería irrevocable. Sonrió levemente, preguntándose cuál sería su reacción. Si despertaría su sonrisa de sol de primavera.

Sin embargo, ella no regresó hasta mucho después de que él hubiese tallado su firma y a él le costó mucho conservar la paciencia, pues nunca antes había tenido que esperar por algo.

Veinte días más tarde salió para bajar al pueblo con el pretexto de que se le había acabado la comida. La encontró en la entrada. Parecía triste y enfadada, una mezcla de emociones contenidas.

Su voz hizo eco al hablar.

—Voy a casarme.

Un ajuste de intereses familiares, apenas diecisiete años y un prometido al que no conocía. No tenía elección, la fortuna de su familia iba disminuyendo. Estaban negociando con la vida de una persona para mantener a toda su parentela y salía rentable.

¿Qué iba a hacer él con sus sentimientos? ¿Terminaría degollado, como contaba el dicho, por ir en busca de su viejo amor mientras el cónyuge duerme?

El largo silencio imploraba una respuesta, la súplica se reflejaba en sus ojos.

Ninguno se atrevía a decir que quería. Él era un fantasma, alguien que debería haber muerto hacía mucho. Maldito desde su nacimiento, se había puesto los grilletes por su cuenta. Abandonado por su propio padre, renegaba de los dioses. Solo tenía esa cueva como refugio y lugar donde habitar.

Unos recuerdos muy antiguos lo arrastraron de vuelta al oscuro y estrecho hueco bajo el suelo. Una cabeza rodando, aquellos ojos vacíos, el último rechazo. Cada recuerdo lo envolvía formando un atolladero del que no podía escapar. Los espíritus le susurraban el oído: «¿La convertirás a ella también en eso?».

Sin poder replicar nada e incapaz de darle una respuesta, apartó la mirada. Esta vez, sollozar y chillar no le serviría de nada.

Pero ella no lloró. Se aguantó las lágrimas y una máscara de fortaleza le invadió el rostro.

–Vayámonos juntos. No tengo miedo –sentenciaron sus labios carmesíes.

–No sabes nada. Nunca te han odiado sin razón, solo por respirar. No has presenciado la muerte ni tampoco has experimentado un hambre voraz. No has sentido la injusticia ni has vivido una vida llena de desgracias causadas por ti misma. No lo soportarías. Naciste conociendo la felicidad.

Se hizo un largo silencio.

–Arrogante –dijo por fin, y se volvió en dirección a casa.

Días más tarde se celebró la boda. Ella estaba preciosa, y todo el mundo que rodeaba a la pareja les daba su bendición. Él lo observó todo desde la distancia, donde alcanzaba a oír las palabras de quien oficiaba la ceremonia.

—Un hilo azul para el novio, uno rojo para la novia. A partir de ahora quedan enlazados en un nudo que no se desatará jamás.

Aquellas palabras solemnes resonaron como una maldición.

La vida de la joven no resultó ser como habían predicho. Cuando volvió a verla años más tarde, le pareció más frágil. Las llamas en sus ojos habían quedado reducidas a charcos de ceniza. Su cuerpo, antes vigoroso, estaba raquítico y débil. El matrimonio había resultado ser un infierno para ella. Tenía al lado a un marido cruel que se creía con potestad de todo y al que no le gustaba que escribiera por una sencilla razón: lo hacía mejor que él.

Al principio, a pesar de sus muchos intentos, no consiguió que ella abandonase su pasión. Fuera durante el verano azul o el gélido invierno, ella buscaba la manera de esconderse en una pequeña habitación, donde escalaba montañas, nadaba en el mar y soñaba que volaba por el cielo mientras añoraba el pabellón y sus albaricoques en flor.

Viendo que su esposa no se rendía, el marido cambió de actitud. Un tormentoso día reunió al servicio de la casa. Al chico de los recados que le había traído papel le aplastó las manos por despilfarrar el dinero, al joven que la había avisado de su llegada le sacó los ojos por semejante falta de respeto y, por último, a la anciana que había trenzado sus escritos en un libro y los había escondido le cortó la lengua por mentirosa.

—¿Lo ves? No hay nada que no pueda hacer como me plazca ni debería haberlo. Pero ¿tú? ¿Qué podrías hacer tú sola? Piénsalo. No seas cría y haz lo que te ordeno. Vamos a estar juntos para siempre.

Entonces dejó de escribir y le prometió que no volvería a tener aspiraciones. Sus sueños no podían valer más que aquellas vidas. El desgraciado se dio por satisfecho y rio, contento de su capacidad de manipulación y sin ser consciente de lo repugnante que resultaba a ojos del resto.

Años más tarde, cuando ella por fin regresó tras una larga ausencia, las flores seguían floreciendo y las mariposas revoloteaban por el jardín. El paisaje se había congelado en el tiempo como él, que seguía siendo joven y apuesto. Al verle así, se le escapó un suspiro.

—Sigues igual, no has cambiado nada desde que nos conocimos. Estás exactamente como cuando te di tu nombre.

Hablaron del pasado, rememoraron tiempos felices y lamentaron la tristeza de su vida. Él se limitó a escucharla en silencio y solo después de que se marchara se dio cuenta de que aquello que le bullía en el pecho era rabia.

Ella retomó sus visitas con frecuencia. Cada vez, su expresión parecía un poco más sombría. Ir allí era una forma de escapar de su jaula, pues dijo que la enorme casa donde vivía no era muy diferente a un lugar de reclusión y penitencia. Ella le regaló una sonrisa amarga, pero él no le sonrió de vuelta.

Cuando recostó la cabeza sobre su hombro, se quedó dormida. Más que un breve descanso, aquella parecía una vía de escape. Sin saber qué decirle, la rodeó con un brazo y le acarició el pelo y la mejilla. Por un instante, volvió a ser el que era antes de conocerla.

Decidió que iría a su casa esa misma noche. Convocó al espíritu del viento y del relámpago para quebrar las vigas y las paredes de piedra. Era lo único que podía hacer, pero apenas consiguió que el marido se fracturase el cuello. Fue un desperdicio de ira desenfrenada. Era imposible lograr que quedase viuda.

La gente empezó a murmurar cosas sobre aquel extraño suceso. Hablaban de un castigo celestial, de que aquel hombre debía tener las manos manchadas de sangre. Eso enfureció al marido todavía más. «¿Cómo que un castigo celestial?» A su vez, sintió pavor. ¿Acaso podían quitarle lo que le pertenecía?

Ansioso, fue en busca de su esposa, que se encontraba en la sala principal leyendo. Bajo la cálida luz del sol, tan noble, tan hermosa. Siempre le había inquietado que ella pudiera escapar en cualquier momento. Le arrebató el libro y lo rompió en pedazos. Luego sacó todos y cada uno de los tomos y los cuadros de la habitación y les prendió fuego. Era lo que debía haber hecho hacía mucho tiempo. Solo si el cabeza de familia estaba en paz, el resto de sus miembros podrían estarlo.

Todo ardía: las estaciones y sus ríos verdes y montañas, el jardín de albaricoques en flor. Los sentimientos que había anidado durante tantos años se habían reducido a cenizas. Ella no gritó, no lloró, simplemente se sentó allí como una lápida quebrada contemplando los rescoldos de su corazón.

Su vida empeoró día tras día. Atrapada en aquella casa, era un pájaro con las alas rotas. Prohibida la escritura, ya apenas tenía permitido mirar al cielo. Por aquel entonces sus padres fallecieron en un repentino accidente y a su hermano pequeño, el único que tenía, lo incriminaron y lo mandaron al exilio. Ya no le quedaba familia.

Un día consiguió llegar a la cueva y prácticamente se dejó caer en brazos de Seoju.

—Mírame. ¿Todavía no encajo contigo? ¿Cuánto más hondo debo caer?

Él la abrazó con suavidad. Su sol deslumbrante convertido en cenizas descoloridas, un cuerpo encogido y unas manos frías.

Había tomado aquella decisión pensando en su felicidad, jamás había imaginado que acabaría así. Y pensó, acunándola entre sus brazos, en por qué el destino nunca actúa en favor del deseo humano. La vida de ella era finita; la suya, eterna. Habían vivido épocas diferentes. No estaba seguro de poder estar junto a ella, todo era impredecible. Pero, si fuera un dios, ¿no debería poder controlar la vida de los demás a voluntad y conocer su final?

Después de muchas cavilaciones, se decidió a hablar.

–Huyamos. Te sacaré de ese infierno.

Lo dejó todo atrás y abandonó su hogar para huir junto a ella. Sin un destino exacto, lo más lejos posible. Sentía el calor de su delicada palma al tacto, los nudillos resecos y los dedos entrelazados. Él no dejaba de mirar hacia atrás para asegurarse de que seguía ahí. Tenía miedo de perderla si le soltaba la mano.

A lo lejos se escuchaban gritos: los soldados de su marido los perseguían. Los grilletes del destino les pisaban los talones. Corrieron en dirección contraria sin soltarse. Sentían el sudor frío, el entumecimiento en cada extremidad. La respiración entrecortada les presionaba el pecho.

Perseguidos sin descanso, se detuvieron frente a

un acantilado. Tras ellos ya tenían a los soldados apuntándoles con las espadas. Delante, penumbra. Tenía que elegir: ¿debía dejarla regresar para salvar su vida o debían permanecer juntos en esa salvación desesperada?

La indecisión no duró mucho porque ella tiró de él. En cuanto sus miradas se encontraron, vio la llama en sus ojos y el vacío bajo ellos.

–Volveremos a vernos –fueron sus últimas palabras, en voz baja pero clara.

Ni siquiera asintió, solo le dio un tirón para abrazarla y sus cuerpos se deslizaron en el aire con el sutil movimiento de un pájaro que extendiera sus alas. El viento les abrió camino. Ocultó el rostro en su cuello y aspiró el ligero olor a sudor y tinta.

Cerró los ojos, mientras pensaba en aquello que no se había atrevido a decir en voz alta.

«Mi sol de primavera, mi ilusión efímera, mi salvación. En mis innumerables historias nunca he podido hablar del amor. Pero ahora, directos a una muerte segura, te entrego el pedazo de mi corazón que no he podido darte antes. Nos queda un camino largo y complicado, ¿qué historia debería contarte? Descuida, en tu ausencia he memorizado muchas para poder contártelas algún día, sé cuánto te gustan...».

Sus cuerpos chocaron contra el suelo, se quebraron, y sus conciencias quedaron sumergidas en la más profunda oscuridad.

Tenía un buen presentimiento.

Al abrir los ojos, allí estáis tú y tu sonrisa deslumbrante. Paseamos bajo la calidez del sol y la suave brisa por un camino bordeado de flores silvestres mientras las ramas de los sauces se agitan al viento.

Cogidos de la mano todo el tiempo. Y por fin es hora de contarlo; ese pasado que una vez me pediste que te relatara, tedioso y repleto de recuerdos borrosos. Debería pedirte perdón, porque al final ocurre lo mismo que en otras tantas historias.

Aunque el final no está tan mal. Porque he podido estar contigo, elegir una muerte igual a la vida…

Despertó con un chispazo, la cálida luz del sol.

Y un estallido de dolor en su cuerpo destrozado por completo. No gritó. Algún hueso roto le debía estar atravesando el pulmón o el corazón mismo. Al menor intento de movimiento, desesperado por el dolor, vomitó sangre.

Giró la cabeza y encontró otro cuerpo a su lado, desplomado, no respiraba. Aquella mano sin vida le resultó extraña en un primer momento, pues era la misma que había agarrado con tanto fervor hacía tan solo unos segundos.

¿Cómo había acabado así? Bastó un recorrido por el hilo del destino para encontrar las pistas que le habían conducido a la tragedia. El inicio, ese día en el que engañó a los dioses y borró su nombre. La ambición de querer controlar su vida, el problema. Todo comenzó por la arrogancia de creerse un dios inmortal dueño de su destino, cuando no había sido más que una sombra bajo el suelo que había intentado abrazar el sol sin saber por qué motivo.

Ahora ella estaba muerta; él, vivo.

Fue horrible. Pasó un día, una quincena, un mes entero en el que su cuerpo despojado de alma fue pudriéndose lentamente. Era lo natural, la providencia de los dioses. Él fue testigo de todo el proceso, contempló hasta la última mota de polvo mientras trataba de encontrar una manera de redimirse. No sabía cómo pagar por haberla dejado sola en el camino. Le hubiera gustado preguntarles a los dioses si sabían que aquello iba a suceder de esta manera, si aquello era un castigo contra él o algún tipo de burla despiadada.

Pasaron dos estaciones hasta que logró ponerse en pie a duras penas. Después de enterrar los restos de ella, regresó al jardín. Nada había cambiado desde la última vez que habían estado allí juntos. Las dos figuritas de patos que ella había traído de casa seguían en el mismo lugar, en el pabellón, y se alegró de verlas. Por lo menos disfrutaban de lo que él habría querido, una vida así.

Se le cayeron las lágrimas.

«Lo siento. Lo siento tanto. Todo ha sido culpa de

mi estupidez. Si existe un lazo entre nosotros, vuelve. Aunque no me quieras, déjame contarte historias. Seguiré buscando esas tan extrañas y fantásticas que te gustan y te las leeré a tu regreso. Como hacíamos antaño. Pasaremos juntos las noches de insomnio».

La última historia llegó a su fin y Seoju sintió un vacío en el pecho. ¿Sería porque todavía no había sanado del todo? ¿O porque había llegado el verdadero final que esperaba? Estaba agotado después de relatar toda la historia sin pausa alguna.

–Ese era… ¿es nuestro pasado? –murmuró Yeonseo con voz temblorosa.

Seoju le respondió con una sonrisa.

–Entiendo que cueste creerlo, no importa. No tienes que elegir nada. No es más que lo que queda de una historia y puede modificarse a gusto del oyente. Las historias viajan entre personas, se recrean constantemente. Son eternas. Aunque es una lástima que haya acabado siendo tan típica.

Una persona muere, la otra le espera. Un tópico. Se hizo un silencio durante el cual Seoju observó a Yeonseo sentada a su lado. Con un brillo intenso en su mirada vacilante y los labios cerrados con firmeza. Parecía entre asustada y a punto de llorar. No podía dejar de mirarla, reconocía esa expresión porque era la misma de cuando la había conocido mucho tiempo atrás.

–¿Por qué... hablas como si todo hubiera acabado? He vuelto. Y ya se ha puesto fin a mi desgracia –dijo sin derramar ni una sola lágrima.

–He estado esperando el final correcto. Una aventura tan horrible debe tener una recompensa. No valgo lo suficiente para arruinar la vida de nadie, nada puede compararse a todo el sufrimiento por el que has pasado.

–¿Qué tiene que ver contigo mi dolor?

–Has venido a mí en cada vida, aunque lo hayas olvidado –respondió con voz apenas audible–. Tal y como le pedí a Okto. Y a la cuarta vez que nos reencontramos me di cuenta de que tu final siempre era horrible: enfermedad, accidente, guerra. Has experimentado todas las desgracias que puede sufrir un ser humano, pero seguías regresando del Más Allá sin apenas sentir el regusto de la muerte. No entendía por qué los dioses eran tan duros contigo, hasta que aprendí que los deseos que se piden a los dioses tienen un precio. Y yo...

Seoju se calló. Quería decírselo, seguía haciéndole daño una y otra vez, pero aquellas palabras eran como cuchillos que se le clavaban en el pecho.

Yeonseo se adelantó:

–Okto dice que mi destino ha cambiado, que todo quedará atrás. ¿Por qué echar a perder un presente por un pasado que ni siquiera recuerdo? No tienes que disculparte. Estrictamente hablando, la persona que era entonces no tiene nada que ver con la que soy ahora...

–Cada vez que te veía morir, yo…

Enseguida se arrepintió de seguir hablando porque parecía solo una forma más de hacerla cargar con la responsabilidad. Pero fue inútil. Una vez había empezado a escupir todo aquello, el arrepentimiento le impidió callarse.

–Volverás a mí sin recordar nada del pasado, siguiendo la voluntad de los dioses. Cada vez que nos saludamos por primera vez, ya lo siento como una despedida. ¿Que el destino ha cambiado? No tiene sentido creer en algo que no ha ocurrido antes. Es presuntuoso. Lo sé mejor que nadie. No puedo estar contigo y no quiero crear ninguna posibilidad. ¡No puedo volver a hacerte daño! –Rara vez alzaba la voz, pero el cansancio quedaba claro en sus ojos llenos de luz de luna y lágrimas. La abrazó entonces, rendido, y añadió en un susurro–: No quiero que sigas siendo infeliz.

Seoju se apartó de nuevo y sacó otra flor del interior de su *dopo*, una de las que le había dado el hombre de negro. Era similar a un lirio y emitía un tenue brillo azulado.

–La llaman «flor del recuerdo». Tiene el poder de borrar o traer de vuelta los recuerdos de las personas. Te hará olvidarte de la librería, de mí y de todo lo que acabas de escuchar.

–¿Perdón?

Tenía claro que Yeonseo siempre volvería, conociendo su indeleble tenacidad, la misma que afloraba cuando peor estaban las cosas. Pero también estaría bien si ya no regresaba, si una vez llegado el final de su vida, cruzaba por fin el río de las Tres Cruces y olvidaba sus recuerdos.

Yeonseo comprendió entonces a lo que se refería y balbuceó algo sin sentido, incapaz de hilar bien las frases. Quería preguntarle si solo se lo había contado por esa razón y Seoju asintió sin decir nada, en señal de comprensión.

Hablar del pasado era su último deseo, contarle todo lo ocurrido de una vez. Por si le perdonaba, por si le decía que le quería. Una pequeña esperanza que había anidado de forma inconsciente hasta ese momento, al encontrarse con el resentimiento en la mirada de Yeonseo.

—Te seguiré esperando en la próxima vida, pero ya no nos acercaremos —dijo con amargura.

—¿Y yo qué?

—Acepta mis disculpas, aunque no las recuerdes.

—Para. ¿Tanto miedo tienes?

—Sí.

Sostenía la flor como lo haría un mago en su actuación final. Todavía emitía un resplandor azul violáceo que rememoraba la energía del Inframundo. Bañado por esa luz, Seoju esbozó una pintoresca sonrisa mientras continuaba con su retahíla como si estuviera recitando un conjuro.

—Morías porque me acercaba demasiado. Olvídate de esta librería, de mí. Vive libremente. Disfruta de lo que no pudiste hacer en vidas pasadas y sé feliz…

«Sin mí», estuvo a punto de añadir, pero Yeonseo le agarró una mano y le tapó la boca con la que tenía libre. Seoju se quedó pasmado por esa reacción inesperada. Sin palabras por primera vez en toda su vida, la miró con los ojos muy abiertos.

–¡Escúchame! No soy ninguna niña. ¡Siempre el pasado, el pasado!

Todavía sin quitarle la mano de la boca para evitar que la interrumpiese, desató todo su enfado y algo se agitó en su interior al encontrarse la sorpresa reflejada en el rostro ajeno: reproche, resentimiento, amor y odio, cariño. Las mismas intensas emociones que las de aquella mujer de su sueño.

–No lo haces por mí –espetó de pronto–. ¡Te rindes porque no has sido capaz de arreglar tus propios asuntos! ¿Tanto miedo te da que las cosas mejoren? Estás convencido de algo que ni siquiera has intentado. ¡Si te gusto, dilo! ¿Es que estamos en la dinastía Joseon? ¡Siempre el destino! ¡Oh, nos hace esperar cientos de años!

En ese instante, sin ser muy consciente de lo que estaba pasando, fragmentos de recuerdos muy lejanos colisionaron con los suyos propios. Salieron a relucir por el poder de la flor y por todas esas emociones tan semejantes a las del pasado. Yeonseo estaba confusa, incapaz de separar qué era pasado y qué presente, y mucho más enfadada de lo que pensaba.

Seoju cerró los ojos. Por fin comprendió el mensaje que se le había transmitido desde una vida pasada a través de los sueños: la flor alumbra los recuerdos, el çorazón revela verdades ocultas. Se la arrebató con tanta rabia que algunos pétalos se rompieron.

Decidida, con la mirada fija en el azul fluctuante, dijo:

—Recordaré cada momento contigo.

Todo. Para siempre.

En cuanto terminó la frase, su mente comenzó a llenarse de los recuerdos más remotos.

Conversaciones bajo el sol de primavera

Recuerdo la suave brisa que recorría aquel bosque húmedo y oscuro el día que le conocí. El agudo e inquietante canto de los pájaros, la fría niebla espesa y ondulante. Para mí, que por aquel entonces no era más que una chiquilla, fue una experiencia bastante dura que afronté recurriendo a uno de los pocos medios con los que contaba para enfrentarme al mundo: llorar con todas mis fuerzas.

Por suerte, llorar hasta que se me inflamó la garganta surtió efecto, porque él no tardó en aparecer. Parecía un ser etéreo, de otro mundo. El cabello largo de un castaño claro bañado por la luna caía en cascada por el *dopo*, un mar de jade oscilante. La piel nívea le daba un aspecto fantasmal e igualmente hermoso. Caí de lleno en el brillo de sus ojos esmeralda. Era la persona más bella que había visto en toda mi vida.

Descubrí más adelante que su escritura era igual de bonita y me quedé impresionada con lo mucho que encajaba esa caligrafía tan hermosa con la persona que la escribía. A él no parecía agradarle esa clase de cumplidos, pero, dado que el vocabulario del que disponía yo en esa época no era muy rico, lo dejó pasar. Debió suponer todo eso, porque hizo lo mismo cuando le dije que tenía una sonrisa bonita. En ese momento se limitó a bajar el libro que estaba leyendo, pero no dijo nada al respecto. Me sorprendió que tuviera un lado tan considerado.

Durante un día soleado, mientras él leía y yo jugueteaba distraída con un mechón de su pelo, pregunté:

–¿Qué hay de los días de tu pasado?

Hasta ese momento lo había tomado como un ser sobrenatural, un *dokebi*, una especie de semidiós. Seguramente habría vivido mucho tiempo, pero no me había dicho siquiera su nombre y eso despertaba mi curiosidad. ¿Qué clase de historias extrañas y curiosas habría experimentado a lo largo de su vida?

–Repugnantes –respondió impasible.

No dijo nada más, así que pregunté de nuevo. De haber sido ya adulta por aquel entonces no lo habría hecho, pero todavía era joven y toda la curiosidad que albergaba en mi interior no podía satisfacerse con una única palabra.

–¿Qué harás después?

No se inmutó, aunque claramente me había escuchado. Pero yo seguí mirándole con fijeza y al final respondió sin apartar la vista del libro.

–Esperar hasta el día en que desaparezca en cuerpo y mente.

Ahí estaba él, hablando de la muerte en el día

más fresco y soleado. En ese momento, mi conocimiento era limitado y no comprendí la exactitud de sus palabras. Lo que entendí fue que estaba hecho para quebrarse fácilmente y por eso hablaba de desaparecer. En mi cabeza siempre había imaginado que estaría hecho de jade, pero resultó que más bien parecía estar hecho de azúcar. Podía congelarse en mitad del invierno y luego derretirse sin dejar rastro. Quedaban pocos días para primavera, ¿qué debía hacer?

Llegué a una conclusión extraordinaria.

–¿Esperamos juntos hasta entonces?

Así podría bloquear el frío y rebajarle el calor a él. Desconocía cuál sería su final, pero podía sentarme a su lado a charlar con él. Era lo que siempre decía mi anciana niñera. En eso consiste la vida, en sentarse y charlar a la espera del sol de primavera. Era lo que pretendía transmitirle, pero puede que no entendiese bien mi mensaje porque solo alzó la cabeza y me miró. Largo y tendido, como si me viese por primera vez.

Pasó el tiempo. A medida que el verdor primaveral se desvanecía, nuestra paz también llegó a su fin. Concertaron mi matrimonio en contra de mi voluntad y él no respondió cuando le propuse que nos marcháramos juntos.

Podía notar el ardor de sus manos cuando las agarré, pero no confesó sus sentimientos. Lo intuía, albergaba un miedo inmenso.

A partir entonces seguí esperándole, rezando para que llegara el momento en el que sintiese ganas de vivir. Pero, lamentablemente, la realidad tomó otro camino y yo me marchité en vida.

Un día ventoso tuve una premonición de muerte. Sufría una enfermedad pulmonar y, tras un ataque de tos, vi sangre. Era la anunciación del final de mi vida. El destino era muy cruel y mi alma ya se estaba muriendo.

Me eché a reír de la propia ironía, de lo difícil que sería mi vida hasta el final. Resentida y frustrada, me pasé varios días encerrada en casa. ¿De verdad iba a acabar así? Ya estaba bastante débil por el dolor que había sufrido mi alma durante todo ese tiempo y no quería tener que renunciar a mi vida tan pronto.

Prefería hacerlo con mis propias manos.

Me fijé en lo que había sobre el pequeño escritorio: la figurita de un pato hembra admirando a su amado pato, unos pequeños tesoros que hacían realidad los sueños. La miré fijamente con la sensación de estar frente a una criatura con vida. ¿Acaso los nervios me estaban haciendo perder la cabeza?

La cogí. Tenía una pequeña ranura en la mitad del cuerpo, así que la giré y se abrió. Sabía que estas figuras solían estar huecas, pero algo cayó de su interior:

me cabía en la palma de la mano. Retiré el papel que lo envolvía y un destello de luz iluminó la habitación. Por un momento creí que alguien se acercaba, pero no vi a nadie. Lo inspeccioné: era el asta del Ciervo de Nueve Colores. Aquel objeto misterioso del que hablaban las historias. No sabía cómo había llegado a este mundo, pero sabía que quien la había robado podría volver para quitármela, así que la escondí de nuevo dentro de la figura. Al día siguiente le pedí a una criada que pintase la ranura para evitar que alguien pudiera volver a encontrarla.

Tenía la sensación de que aquel extraño objeto me ayudaría. Lo habían dejado allí en mitad de la noche y estaba convencida de que era una oportunidad que me brindaba algún dios misericordioso. Decidí que, si no podía hacer nada siendo una simple humana, utilizaría el poder de los dioses para cambiar mi destino. Llegaría el día en el que sería libre de hacer lo que quisiera y amar como quisiera.

Mi vida llegó a su fin poco después. Mientras agonizaba al fondo del acantilado me mantuve firme en mi determinación. Cuando mi alma abandonó mi cuerpo, alguien vino a mi encuentro. Era ese hombre del Inframundo que cojeaba de una pierna, el ladronzuelo castigado por los dioses. Lo recordé entonces; era él quien había venido a mi habitación. Así que le pedí reencarnarme para volver a encontrarme con Seoju y a cambio le devolvería el asta. Se rio con sorna, su rostro escarpado poco se diferenciaba del de un humano.

–¿La tienes entonces? No hace falta que me la devuelvas. Ve en busca de los dioses del Inframundo y diles que se la entregarás en tu próxima vida porque ahora mismo no recuerdas su ubicación exacta y puede que tardes un poco en encontrarla. Como ellos están atados a ese lugar, valorarán tu oferta. Sin embargo, puede que te pongan grilletes para que no te evadas de tu misión y termines atada a una cadena interminable de desgracias. El infortunio devorará lentamente tu alma. ¿Estarías de acuerdo con eso?

Sonreí satisfecha a sus palabras.

–Lo que sea con tal de volver a encontrarnos. Cuando se cumpla uno de mis deseos, pensaré en los siguientes. Por mucho tiempo que tarde, confío en que podré encontrar una solución. Y si la desgracia me consume, recordaré que sigo viva. He tenido que morir para comprender lo que mi niñera quería decir sobre la vida. Y, al parecer, él y yo somos igual de necios.

De todos modos, tuve que despedirme de él. Solo esperaba que no se entristeciera demasiado al despertar y ver mi cuerpo sin vida.

–Me voy, pero volveré. No me importa si eres inmortal, un *dokebi*, da igual. Vive tu vida y espérame. Serán días difíciles y dolorosos, y probablemente te sentirás solo. Vive como hemos hecho hasta ahora. Lee mucho, cuenta historias y no te olvides de cuidar el jardín. Quiero que me lo cuentes todo cuando regrese. Quiero oír tus historias, así que escribe muchas. Sé que te gusta contarlas y yo estaré encantada de escucharlas como siempre, recostados uno junto al otro pasando la noche en vela.

Yeonseo abrió los ojos mientras él continuaba abrazándola, llorando desconsoladamente, incapaz de aceptar su muerte. Con lágrimas en los ojos, le agarró las manos y se las llevó a los labios en busca de una calidez que no encontraba. Tenía el corazón hecho trizas. Sin embargo, el poder de la flor solo había hecho que Yeonseo perdiera el conocimiento; una vorágine de recuerdos la había dejado inconsciente y todavía le daba vueltas la cabeza.

El entorno había cambiado y recordó entonces que su cuerpo había caído del pabellón al desmayarse. Y había algo más. Una brisa fresca la envolvía en un abrazo. Seguramente los amigos invisibles de Seoju la habían recogido y depositado en el suelo y, gracias a eso, seguía con las extremidades intactas. Todavía mareada, consiguió esbozar una sonrisa.

Uno a uno, fue juntando los pedazos de su conciencia como si de huesos rotos se tratase y, cuando por fin sintió su cuerpo descender al mundo terrenal, pudo articular palabra.

–¿No decías que me habías visto morir muchas veces?

Él alzó la cabeza para mirarla y la tristeza pronto se transformó en una mezcla de sorpresa y alegría que luego volvió a distorsionarse con sollozos y lágrimas.

–¡Pero ya van dos que te caes de un precipicio!

Había sido una caída pequeña y elegante en comparación con la del acantilado, donde había muerto por primera vez, aunque lo suficientemente parecida como para traerle recuerdos. Le vio contener las lágrimas e intentar recuperar la compostura, cosa que, por lo que denotaba el temblor irregular de sus hombros, le estaba costando.

–Sigues usando el nombre que te di… y eso que no te gustaba mucho –comentó Yeonseo mientras le secaba la humedad bajo las pestañas.

Seoju la miraba con los ojos vibrantes de incredulidad. Nuevas lágrimas le rodaban por las mejillas, pero esta vez ya no tenía intención de contenerlas. Porque le había reconocido, como siempre.

Por fin consiguió que le saliese la voz.

–¿Eres tú…?

Se habían saludado por primera vez en incontables vidas. Y ahora que era capaz de rememorar todas esas veces, Yeonseo comprendía el origen de su miedo. El significado del silencio tras cada saludo. Siempre esperando que le reconociese, anhelando que ese breve instante no fuese una ilusión, que su existencia siguiera significando algo para alguien. Ella era la única prueba.

Seoju tartamudeó y agarró las manos de Yeonseo para sostenerlas con cariño contra su pecho. Esas pequeñas manos, su salvación. Lloró de nuevo, mucho. Lloró tanto que pudo limpiar el polvo que se había acumulado en su interior durante toda una eternidad.

–Me aterraba… cada vez que nos saludábamos… ¿Y si yo también acababa olvidándote? Lo eres todo para mí –dijo entre lágrimas.

Un corazón frágil, un alma humana: lo único que había permanecido intacto después de tantísimos años.

Se abrazaron. Seoju escondió el rostro en su cuello sin dejar de llorar. Un aguacero repentino sobre tierra árida. Yeonseo le acarició la espalda, esperó a que amainara esa lluvia de lágrimas y murmuró con suavidad:

–Siento haberte hecho esperar.

Aquel onírico accidente pasó y la vida de Yeonseo volvió a la normalidad. El tiempo transcurría rápido sin nada en especial. Todo seguía como de costumbre. Un otoño inusualmente corto dio paso al invierno, que trajo consigo menos horas de sol.

Yeonseo estaba sentada en una acogedora cafetería mensajeándose con sus amigos de siempre. «Feliz Año Nuevo», «Cuidado con los resfriados», «¿Recordáis lo que queríamos hacer cuando tuviéramos treinta?». Entonces se percató de que había sentido lo mismo que cuando dejó de tener nueve años. Esa plenitud justo antes de cumplir los diez, seguida de un vacío extraño que se repetía con los años. Era una sensación a la que no lograba acostumbrarse.

Sanghoon entró en la cafetería justo cuando Yeonseo tenía la cabeza hecha un lío y fue directo hacia su mesa, saludándola con la mano.

–¡Yeonseo! ¡La respuesta! ¡Una pasada!

La gente alrededor le miró de reojo. Llamaba la atención que un adulto hecho y derecho hablara como lo haría un chaval de secundaria. Él no hizo mucho caso y se sentó frente a Yeonseo, que no pudo contener la risa ante tanta emoción.

–Te dije que tenía buenas sensaciones. Les ha encantado el portafolio y no hay ningún problema con el proyecto… ¡Ah! Por cierto, ¿qué tal ayer? Perdona si te sentiste incómoda, porque acabó pareciendo una entrevista, pero les interesaba mucho tu propuesta.

Sanghoon siempre se excedía con los cumplidos, pero no dijo nada porque no quería arruinarle el buen humor.

–Agradezco el interés de todos.

–Anda ya. Bueno, oye, ¿vas bien con el trabajo pendiente? Dime si necesitas más tiempo.

–No, es suficiente.

Le dedicó una sonrisa, dio un sorbo de té y miró hacia el exterior por el ventanal de la cafetería. Había mucha gente. Era un mediodía de lo más animado, fin de semana y, encima, el primer día del año. Todavía se apreciaba el ambiente navideño en el color rojo de las bufandas, los guantes y los jerséis que llenaban de vida el frío invernal.

Se le antojó regalarle un pañuelo rojo. En los últimos meses se había fijado en que solo vestía colores neutros: marrones terrosos y verdes. Un color más brillante le sentaría bien al tono de su piel. Un abrigo azul, tal vez.

–Oye, ¿estás saliendo con alguien?

–¿Eh? –Yeonseo soltó un ruidito de sorpresa por la repentina pregunta.

Hasta el propio Sanghoon pareció sorprendido por su reacción, pero enseguida esbozó una sonrisa burlona.

–Como mirabas el cristal así, sonriendo... Por eso necesitabas aplazar la fecha, ¿verdad? Debería darte dos meses más. O no dejarte teletrabajar. Tendré que asegurarme de que estás trabajando de verdad.

Decir que estaba en una relación no sería una respuesta del todo incorrecta, pero tampoco exacta. Yeonseo estaba un poco cansada de tener que dudar, y Sanghoon se encontraba de tan buen humor que estaba más insistente de lo habitual. Temía que fuera a preguntarle el nombre y cuándo lo traería para presentárselo cuando, de repente, apareció su salvación.

–Tú, deja ya de molestar a Yeonseo.

–¡Daeun!

La susodicha se sentó junto a Yeonseo con una sonrisa divertida. Sanghoon rápidamente le puso su café caliente delante y se fijó en el suéter tan bonito que llevaba.

–Con el frío que hace y tú con eso puesto. ¡Te vas a congelar!

–Deja de hablar como mi madre. Toma –dijo, poniéndole en las manos algo que acababa de sacar del bolso. Un ramito con flores amarillas muy bonitas envuelto en papel sedoso marrón–. Felicidades. Por conseguir lo que llevabas tanto tiempo planeando. Ya te he enviado uno mejor a la oficina, pero he visto este de camino. Sé que querías que te comprara flores cuando llegase este día… Pues aquí las tienes.

Sanghoon se quedó mirando el ramo, conmovido. Era algo que solo había mencionado de pasada cuando planeaban su vida en el instituto.

–Eh, esto… –dijo, avergonzado–. Es demasiado bonito para un tipo de treinta años… Aunque, siendo yo…

–Bobadas. Ahora eres el jefe. ¿Por qué no te tomas las cosas un poco más en serio? ¿O no? Yeonseo, ¿tú qué crees?

–Sí. Debería hacerlo, pero «serio» no es una palabra que le vaya mucho.

–¡Pero, bueno…! ¿Ahora tú también me atacas?

Sanghoon frunció los labios en un puchero ante la sonrisa de Yeonseo, y Daeun se echó a reír.

Los tres pasaron un buen rato en la cafetería hablando de sus cosas. La atareada vida laboral de Daeun, el nuevo reto de Sanghoon y el notable progreso de Yeonseo, que por fin había terminado su primer trabajo, con muy buenas críticas por parte de Sanghoon y su equipo.

Daeun se alegró como si fuera un éxito propio y bromeó sobre que colaborar con Sanghoon al final no estaba tan mal. Por supuesto, él se enfadó y Yeonseo rio. Tal y como solían hacerlo.

Fuera estaba empezando a nevar. Yeonseo miró la hora y se preparó para irse.

—Me voy ya. He quedado para cenar...

—¿Con tu novio?

Yeonseo se sonrojó ante la poca vergüenza de Sanghoon y Daeun se quedó mirándolos.

—¿Tiene novio? —le preguntó a él directamente.

—Eso parece. Qué bien empezar el año con tu pareja.

Daeun se quedó pensativa un momento.

—¿Y tú por qué no te pones las pilas? Que ya vas por los treinta y largos. ¿Te falta mucho para decírmelo?

—¿Eeeh?

Las dos se echaron a reír por su reacción notablemente incómoda, el tartamudeo que le siguió y las orejas coloradas. ¿De verdad pensaba que Daeun no lo sabía? Yeonseo admiraba su inocencia.

Cuando por fin se levantó para irse, Daeun la cogió de la mano.

—Espera. —Le colocó bien el cuello retorcido de la camisa con sus gráciles manos, hasta dejarlo perfecto, y sonrió satisfecha—. Tienes mejor cara, me gusta verte así. Sea lo que sea, espero que te vaya bien.

—Yo también lo espero.

Yeonseo respondió con una gran sonrisa y salió de la cafetería.

La punta de la nariz se le había entumecido por el viento frío de la calle y tuvo que frotársela para quitarse esa sensación y sacudirse algún que otro copo de nieve. Mientras paseaba, pensó con cierta lástima en que pronto el hielo se derretiría y el entorno dejaría de relucir como si estuviera bañado en diamantes.

Al poco le vio. Con el abrigo puesto parecía una persona normal y corriente mirando el cartel en la parada de autobús y con un paraguas en la mano. Yeonseo se detuvo a su lado.

–¿Qué miras?

–Ah, eso –dijo él, que se giró hacia ella y le sacudió algo de nieve que le quedaba en el pelo–. Se parece a la que tenía. Pensaba arreglarla, pero la perdí.

Era un anuncio de una exposición de un museo titulada «Reliquias inolvidables». En el centro de la pantalla había una máquina de escribir oxidada que formaba parte de la exhibición.

–Ah, sí, creo que me acuerdo.

Yeonseo lo miró con la curiosidad renovada de haber recuperado algo perdido. En ese momento estaba recordando algo, así que le preguntó a Seoju.

–El jefe del que te hablé y ese malnacido del pasado… ¿son la misma persona?

No era capaz de referirse a él como su marido, por eso lo llamó así. Un rostro sin nombre que apenas permanecía como una vaga imagen en su recuerdo y que tenía la misma energía que en el presente. Ahora cobraba sentido que, desde el principio, Seoju hubiera reaccionado de manera tan exagerada la primera vez que Yeonseo le había hablado de él.

Seoju sonrió sin decir nada, lo que fue una respuesta suficiente. Para Yeonseo las piezas del rompecabezas iban encajando.

–Entonces… ¿El día de la tormenta fuiste tú? –añadió con voz tensa.

Su respuesta fue una sonora risa. Seguía teniendo aquel lado misterioso, impredecible, como si en cualquier momento fuera a liberarse de unas cadenas silenciosas. Claro que nunca se lanzaría a ella, pero eso no impedía que se le pusiese la piel de gallina.

–No te rías. ¿Cómo lo hiciste?

–¿Qué importa eso ahora?

–¿Y si te hubieran metido en la cárcel? Tendrías que cumplir una condena sin envejecer y sospecharían de ti.

Aquello era ridículo, pero él seguía riendo.

–No hice nada. Ya sabes, todo vuelve. La venganza es una cuestión de tiempo. No creo que te gustase conocer los detalles… –comentó, y acabó la frase en un murmullo apenas audible–. Los fantasmas están con él y seguirá teniendo pesadillas.

Yeonseo le agradecía de corazón que hubiera cuidado discretamente de ella durante tanto tiempo. Justo cuando sintió cómo un cosquilleo le recorría todo el cuerpo, decidió dirigir el tema de nuevo a la máquina de escribir.

–¿Todavía escribes a máquina? ¿O lo haces a mano?

–¿Eh? Es obvio que tengo un ordenador. Es uno de esos de última generación de una marca coreana.

Yeonseo se quedó un poco desilusionada con su respuesta y continuaron la conversación mientras paseaban por la calle.

–¿Crees que me pasaba el día en la librería? A veces salía a comprarle comida a Okto.

–Vaya, me siento traicionada. Creía que me habías estado esperando eternamente en esa librería solitaria.

–Hay que comer. Así ganaba fuerzas para poder sentirme solo.

–No me creo nada.

–Me da la sensación de que tu alma tiene genes impresos o algo así, porque en todas tus reencarnaciones sigues queriendo ganarme…

–¡Anda ya! ¡Calla!

Yeonseo le tapó la boca con la mano y solo se la quitó cuando le prometió no quejarse más. Seoju sonreía todo el rato y, al final, le contagió la sonrisa. Compartieron un breve abrazo antes de seguir caminando cogidos de la mano.

El viento invernal los mantuvo en silencio por un rato.

–Tengo una pregunta más. Ese hombre aterrador, bueno, el dios… el Emisario del Inframundo. ¿Por qué nos ayudó? Tampoco os lleváis muy bien.

–Mmm… Una vez bebimos juntos.

–Lo sé. Y le engañaste.

–No me refiero a ese momento, sino mucho después. Cuando llevaba unos trescientos años esperándote.

La reconciliación. Seoju le había invitado a licor caro y, aunque de primeras había desconfiado de él, luego se había relajado y había aceptado. Quizá por el efecto del alcohol. Cuando los dos ya estaban lo suficientemente borrachos, Seoju le había hecho esa misma pregunta. ¿Por qué le había ayudado si tanto lo detestaba?

–Dicen que cada dios tiene un papel y solo entonces alcanzan los tres mil mundos. Los hay estrictos, misericordiosos, tan infinitamente crueles como joviales. Él se dio cuenta después de experimentarlo por sí mismo. En comparación con la diversidad de los humanos, los dioses parecen dibujos atrapados en un rol. Y me contó el suyo, me dio una respuesta a mi pregunta.

–¿Cuál es?

–El remordimiento.

La imagen de aquel hombre feroz y la del niño llorando aparecieron superpuestas en la mente de Yeonseo. Ese pobre niño que había desperdiciado una oportunidad y lo había quemado todo con sus propias manos.

–Es un dios compasivo. Curiosamente, eso no encaja con la naturaleza de su trabajo. Me tenía engañado.

Yeonseo asintió y no volvieron a mencionarlo, aunque sí que hablaron de otro dios que tenían cerca.

–Ahora que me acuerdo, Okto me preguntó si de verdad quería recordar mi vida anterior. Dice que, aunque no me lo parezca en este momento, podría acabar cansándome después de muchas vidas. Pero le dije que, si tú y yo nos peleábamos para siempre, le pediría un deseo. Algo así como «hazme olvidar a mi ex». A ella no le he pedido nada, todavía tengo esa oportunidad.

—¿Y qué te dijo?

—Que lo entendía, claro. Somos amigas. Haríamos lo que fuera la una por la otra.

—Okto es diosa de la amistad —respondió él en un murmullo y su expresión se ensombreció—. Pero tiene razón, no es fácil. No sé si has tomado la decisión correcta. Y si empiezas a pasarlo mal...

Yeonseo le cortó en seco.

—Para. Ya habrá tiempo de pensar en ello. Ahora lo importante es la cena. ¿Cuánto tiempo vamos a estar dando vueltas? ¿Es que me quieres matar de hambre?

Seoju contempló su fingido puchero, una actuación tan desastrosa como tierna, pero que aportó algo de calor a aquel corazón que llevaba tanto tiempo escarchado. Se inclinó para darle un beso en la frente y susurró:

—Para nada. Me aseguraré de que tengas mejor suerte en esta vida. Quiero que seas más feliz que cualquier otra persona antes de dejar el mundo.

—Eso suena bastante raro a tu edad... Y un tanto retorcido —murmuró turbada y puso los ojos en blanco.

Al escuchar de nuevo sus carcajadas se dio cuenta de que se estaba riendo de ella y le golpeó varias veces en el pecho, hasta que él la abrazó con la excusa de detenerla.

Y así, su historia no tendría fin.

Ella seguiría reencarnándose y volverían a encontrarse, y él viviría para siempre esperándola en su remota librería. Un amor que seguiría siendo complicado, cambiante. Y por qué no decirlo, prácticamente destinado a acabar en tragedia. Muy lejos de tener un final feliz.

Ambos vivirían montones de historias, juntos, en el futuro. Contarían estrellas en el desierto, dibujarían el hermoso amanecer sobre el océano y apreciarían el silencio de las montañas nevadas. En días tranquilos podrían discutir sobre cualquier cosa y hablar del paso del tiempo, dormirían y se despertarían juntos e imaginarían los momentos de calma y los más intensos que quedasen por venir. Caminarían uno al lado del otro en un viaje eterno.

Al final, el final fue simple.

Una persona vive para siempre y la otra la recuerda para siempre.

Como cualquier vida.

Un día, una noche, un camino. Una librería adonde llegas cuando pierdes el rumbo.

Un tiempo ilimitado de descanso. No hay que comprar nada, simplemente puedes detenerte a disfrutar escuchando las historias del librero. Solo hacen falta un poco de determinación y el cansancio justo para necesitar un descanso. Eso es todo. Y un mínimo de valor para manejar el carácter cambiante del dueño.

Cuenta historias terribles y espantosas con voz sosegada. Habla de sentir miedo como prueba de estar vivo, concluye con una ira que no sabe prender ni apaciguar. A veces habla de dioses y otras de ciencia, lo cual es raro. Mejor tomarlo como una broma del narrador y seguir escuchando.

Allí acuden clientes de todo tipo: vivos y muertos, dioses y humanos, animales fantásticos y monstruos horripilantes. Es un lugar para cualquiera que ame las historias, un lugar puro y solitario, imperturbable; los mismos rasgos que comparte con el dueño.

Hay quien considera a este lugar un simple almacén. Otros, un refugio. Hubo a quien le gustó tanto que le puso otro nombre. Allí conviven ilusiones oníricas y realidades deslumbrantes, recuerdos escondidos, esbozos de un futuro incierto. Un lugar que contiene la silueta del abismo y el universo escrito en letras.

La Librería de las ilusiones.

Epílogo
El otro uso de los libros

La luz primaveral se filtraba por los cristales hasta el interior de las aulas, donde se respiraba la emoción por un nuevo curso. La alegría de estar en la misma clase, la expectación por hacer amigos nuevos. En el recreo, todos se juntaban para compartir sus anécdotas. Charlaban emocionados, pero sin montar un escándalo.

Por supuesto, también estaban aquellos a quienes les daba igual hacer amigos, como Daeun, que durante los descansos solía ponerse a repasar, adelantaba deberes o se quedaba leyendo. Vivía sumergida en sus estudios, como si conocer la parte divertida del mundo fuera a traerle problemas.

Su apariencia era aburrida. Con la falda del uniforme hasta las rodillas, media melena, los labios fruncidos pero nunca en una sonrisa. Por eso nadie se acercaba a ella. Sobre todo, cuando la veían con la mirada clavada en una página, los ojos moviéndose a la velocidad de un caballo de carreras, el pelo cayendo por un lado y cubriéndole el rostro casi por completo: todo ello dificultaba entablar conversación con ella.

Ocurrió un día de esos en los que no había tenido ni una sola interacción con sus compañeros. Estaba recogiendo la mochila para volver a casa cuando escuchó a alguien hablando de la excursión de primavera del próximo fin de semana. Ella pensó que ya hacía calor y, por tanto, la ropa se secaba antes y no había que gastar en calefacción. Mientras le daba vueltas a esa idea en su cabeza, se levantó y se fue sin que nadie se despidiese de ella, como era habitual.

Su casa estaba en un barrio más alto, relativamente lejos. Daeun solía ir caminando para ahorrarse el dinero en transporte y así poder comprarse más libros. Todos los que usaba eran de segunda mano y estaban gastados, con páginas sueltas que tenía que juntar, como pedacitos de un mapa, para poder leerlos.

Se detuvo en la entrada de un callejón junto a un gran poste eléctrico: todavía le quedaba una hora para llegar a casa. Las horas corrían como el cauce de un río, así que rebuscó en la mochila para sacar su cuaderno de vocabulario de inglés. Le costó encontrarlo entre tantos otros libros y tuvo que quitarse la mochila para mirar bien.

Al echar un vistazo dentro, vio un par de ojos ámbar, enormes, mirándola. Con el corazón a mil por hora cerró la mochila de golpe. ¿Cuántas probabilidades había de que un animal se hubiera escondido ahí? ¿Había sido en casa? ¿En el instituto? No tenía más remedio que volver a abrirla para comprobarlo y ahí se dio cuenta de que solo era un libro.

En la portada había un gato negro, cuyos brillantes ojos parecían tener vida propia. Pero ¿de qué material estaba hecho? Lo sacó para mirarlo a la luz del sol; tenía un misterioso brillo verde que destellaba sobre el dorado. Se trataba de una novela protagonizada por un gato que trabajaba en una biblioteca mágica, donde conocía el amor y la amistad y experimentaba sucesos fantásticos. Todavía no lo había leído, pero el dueño de la librería que había visitado el día anterior le había explicado de qué iba.

Hasta ese momento, Daeun no había leído una sola novela de fantasía ni tampoco había tenido intención de hacerlo, por eso se había negado una y otra vez a hacerse con él, pero el hombre había insistido en que le sería útil y acabó por regalárselo. Era tan extraño como la propia librería, ubicada como estaba en un lugar tan remoto.

–No hace falta que lo leas. Los libros pueden tener otros usos –había dicho él.

Al final había aceptado un poco presionada por la sutil terquedad que se escondía en su sonrisa. Sin embargo, desde que había salido de la librería, aquella novela había quedado olvidada por completo en su mochila.

Ni siquiera recordaba bien cómo había llegado a aquel lugar. Daeun se había ido de casa tras pelearse de nuevo con su madre por el dinero y había estado dando vueltas, perdida por los callejones, hasta que se había topado con la librería.

Retomó su camino con el libro en la mano y, al doblar una esquina, se detuvo de nuevo. Otra cosa inesperada. Solía gustarle ese callejón estrecho y sucio porque no pasaba mucha gente, siempre permanecía igual de tranquilo. Pero, ¿qué hacía un chico ahí arriba? Era un estudiante y se encontraba de pie sobre un muro, junto a un poste. Llevaba el mismo uniforme que ella, aunque no recordaba haberlo visto antes.

Podría preguntarle qué hacía allí, pero solo quería recorrer el camino, inadvertida sin nada que perturbase sus planes, tal y como lo había hecho el día anterior. Intentó pasar desapercibida, a cierta distancia, pero él se giró hacia ella y la saludó agitando la mano libre.

–Oh… ¡Hola! –exclamó esbozando una torpe sonrisa.

Ya le había saludado. Daeun sacudió la cabeza, inexpresiva.

–Tengo que pasar.

–¡Ay! ¡Perdón! Me quito ahora mismo, un momento…

Antes de acabar siquiera la frase se fue deslizando por la pared. La situación dio un giro inesperado cuando el chico se resbaló y tuvo que aferrarse al poste como una cigarra.

–¡Cógeme! –gritó presa del pánico.

–¿Qué? ¿Cómo voy a cogerte?

A simple vista parecía tan pesado y larguirucho

como un gusano y, encima, quería que lo agarrase. ¡Ni que ella fuera un cojín! En medio de la confusión, el estudiante, a punto de caer, gritó de nuevo. Esta vez fue un chillido de advertencia que la espabiló de golpe. Salvar vidas no entraba en sus planes.

Daeun reaccionó justo antes de que el chico se soltase del poste. Por inercia extendió el libro que todavía sostenía entre las manos y lo movió como si estuviese esperando que una fruta cayera de un árbol. Fue una reacción tan ilógica e impulsiva que, en otro momento de su vida, no habría tenido ni en broma.

El chico alcanzó a poner un pie en el libro buscando estabilizarse, todavía a punto de caerse. Y al final lo hizo, nada amortiguó el impacto del golpe. En el suelo se frotó la espalda dolorida y se echó a reír al ver a Daeun tirada a su lado.

—¿Y tú por qué te has caído?

Daeun se enfadó incluso más. Pero ¿no le había pedido ayuda? No quería seguir con la conversación, así que señaló el libro sobre el que había caído.

—¿Puedes levantarte?

Él abrió mucho los ojos y se apartó de encima del libro. Se quedó mirando la portada del gato y luego a Daeun, y se echó a reír.

—¿Pensabas recogerme con esto? Qué mona.

Sus risotadas resonaron en el callejón y la alteraron todavía más, y eso que ya tenía la cara roja. Se estaba riendo de ella, en lugar de agradecerle su buena voluntad. ¡Ni que fuera tan raro actuar de manera ridícula en momentos como ese! Le arrebató el libro y se puso en pie para guardarlo. Entonces vino la punzada de dolor.

—Ay…

—¡Te sangra la rodilla! —exclamó el chico.

Daeun lo fulminó con la mirada. Aquello era obvio, no hacía falta que lo dijera. Aprovechó para leer su nombre en la etiqueta del uniforme: Joo Sanghoon. Lo recordaría para no tener que volver a verle en el futuro.

Empezó a caminar para alejarse cuanto antes de él, pero, a cada paso, el dolor se volvía más y más intenso. Apretó los dientes.

—¿Estás bien? —preguntó Sanghoon, percatándose de su dolor—. ¿Te acompaño a casa?

—Te agradecería que te apartaras de mi camino.

—Espera. ¿Vas también a este instituto? ¡Yo empiezo mañana! Qué bien. Oye, ¿cómo ves el uniforme? Me lo he probado para ver… ¿Me queda bien? —Silencio—. Ay, perdón. Estabas ocupada. ¡Vamos!

Sanghoon le dio la espalda y se inclinó mientras Daeun abría la boca desconcertada. Después de protestar acabó por rendirse. Hasta en los planes más perfectos surgían variables incontrolables. «La clave es no entrar en pánico para poder llegar lejos», se repetía.

Ya hacía rato que debería haber llegado a casa y todavía le quedaba un largo camino por recorrer. Solo por eso, pensó que lo mejor sería aceptar ese pequeño y molesto favor. Tras un cálculo exhaustivo de sus posibilidades se subió a la espalda del chico. El calor que emanaba su cuerpo bloqueó el fresco de la primavera. ¿Cuándo había sido la última vez que alguien la había llevado a cuestas? Más bien, ¿alguien lo había hecho alguna vez?

Ese nerviosismo, acrecentado por la desconocida calidez, se aplacó al poco tiempo. No estaba tan mal. Pensándolo bien, si estaba dispuesto a llevarla así, no debía ser tan mal chico. Continuó tratando de ajustar sus prejuicios sobre Sanghoon.

–No me has preguntado qué hacía –comentó él con emoción contenida.

–No lo he hecho –respondió ella con sequedad.

–¿Ves el nido que hay allí arriba? Escuché un pajarito. ¿Alguna vez has visto un mochuelo de cerca? ¿Te lo enseño? Si subimos por ahí…

–No me interesa. Cállate.

Sanghoon no le dio mucha importancia a su respuesta. Harta de tanta amabilidad, optó por hacerse la dormida. Pensó que así no le seguiría hablando, pero una vez más Sanghoon rompió sus expectativas y siguió piando y piando como un pajarillo. Le recordó al dueño de la librería y su insistencia. Si ese era el otro uso de los libros al que se refería, preferiría no haberlo conocido. No era ni una variable ajena al plan, ni un uso distinto. Era peor: ¡ruidoso e inútil! Cuando no pudo aguantarlo más y le dio un golpecito en el hombro, Sanghoon se rio.

Ese día de primavera, de improviso, algo cambió en la planificada vida de Daeun. Aquel chaval no se le iba a despegar en mucho tiempo, puede que hasta el final de sus días.

Un día como otro cualquiera en la librería

Una flor amarilla que había brotado en la grieta de una roca captó su atención. Por fin el niño admitió que se había perdido; era la quinta vez que la veía, señal suficiente para advertir que estaba dando vueltas en vano. Desesperanzado, se sentó en la tierra húmeda del bosque. Normalmente le habrían regañado por mancharse, pero no tenía ningún adulto cerca que pudiese reprenderle.

Le rugió el estómago y sacó del bolsillo una galleta de chocolate derretida y con las almendras pegadas al envoltorio azul. En otro momento no se la habría comido, pero entonces la devoró. Como era de esperar, no fue suficiente para calmar su hambre.

Prohibido, zona embrujada. Ese cartel en la montaña había sido el culpable. El niño les había contado a sus amigos una historia muy interesante que había oído sobre ese rótulo de peligro en la montaña, una advertencia bajo la que se escondía una razón de peso. Porque allí vivía un monstruo rodeado de libros muy antiguos con un misterioso poder: podía sacar cualquier cosa de ellos. Comida, joyas, incluso una cucharilla. Lo que fuese. Solo tenía que meter la mano en el libro y sacar lo que quisiera. Al menos, eso era lo que contaban.

También decían que encerraba en sus libros a las personas que no le agradaban y luego se comía a quienes tenían mejor pinta. Engatusaba a la gente con su siniestra sonrisa y la dulzura de su voz. Cuando querían darse cuenta, ya habían sido capturados. Le llamaban el Duende de los Libros.

Uno de sus compañeros le interrumpió riéndose a carcajadas: «¡Con diez años y todavía te crees esas cosas!». Pero él no aguantaba que lo trataran como a un tonto mientras el resto observaba la escena con interés. Además, ese niño tenía una risa de lo más desagradable y él era el más valiente de la clase.

Ante todos esos ojos brillantes de curiosidad, se armó de valor para afirmar que él mismo subiría la montaña y encontraría al Duende de los Libros.

Volvía a tener hambre. La hora de almorzar había pasado hacía rato y recordaba lo que decía su madre sobre los tigres que merodeaban por el bosque al anochecer. ¿Aparecerían tras ponerse el sol? Imágenes de lo más siniestras le acechaban. Empezaron a caerle las primeras lágrimas. Quería volver a casa. Quería estar allí incluso si se ganaba una regañina por llegar sucio. Quería tirarse en el sofá y hartarse a bollitos.

En ese momento le llegó un olor extraño, diferente al de la humedad de la montaña. Entre dulce y salado, con un regusto ligeramente amargo, ahumado. Olía como lo haría una panadería a primera hora de la mañana. Se puso en pie con los ojos brillantes de la emoción. Después de haber masticado prácticamente piedra, nada podía ser mejor que un pedazo de pan.

Se dejó llevar hacia la dirección de la que procedía ese maravilloso olor. Atravesó espesos arbustos, cruzó un arroyo, se adentró en una estrecha cueva y salió después de apartar la rama de un olmo que cubría la entrada.

Entonces escuchó una voz suave cerca de él.

—Todos los clientes sois bienvenidos, hasta los más inesperados…

En su delicadeza se advertía un timbre de incomodidad. Miró a ambos lados: no había nadie. Optó por esconderse entre los arbustos para escudriñar entre las hojas.

Más allá había un espacio abierto rodeado de árboles y, entre las flores de albaricoque en plena floración, asomaba un pequeño edificio. La pintura azul estaba un poco descascarillada, pero hacía juego a la perfección con el entorno. Las flores se mecían con la brisa y sonaban como el vaivén de las olas del mar. El niño no había visto nada parecido en sus diez años de vida.

Le recordaba a algo que solo se veía en las historias de fantasía, como una casa en el bosque hecha de galletas o la fiesta del té en el País de las Maravillas. Se asomó un poco más con una mezcla de miedo y expectación y vio por fin a las personas que hablaban.

Allí donde la luz del sol daba con más intensidad había dos personas sentadas a una gran mesa de madera. A un lado, una niña. Al otro, un adulto vestido de negro. La expresión de él era extremadamente gélida en comparación con las mejillas coloradas de la niña. La distancia entre ellos era abismal, no encajaban en absoluto.

Sobre la mesa había entrantes y pastelillos de arroz, más cerca de ella que del hombre, pues este no parecía interesado en la comida. Tenía las piernas cruzadas, los codos apoyados en la mesa y la barbilla sobre una mano. Tarareaba algo y sus deslucidos zapatos repiqueteaban al compás. Incluso para él, un niño pequeño, le parecía que su actitud se salía de las normas y rompía etiquetas.

Cuando sintió unos pasos acercarse, se tapó la boca para no hacer ruido, aunque sus latidos resonaban con fuerza. Las pisadas se oían cada vez más cerca. Esperaba que se alejasen de donde estaba, pero se detuvieron frente a él. A través del matorral alcanzó a distinguir unos pantalones ondeando con suavidad y luego el bajo de un *dopo*. Por la dirección de sus pies, fuera quien fuese no parecía estar mirándole.

El niño se asomó con cuidado para lograr ver un poco más hacia arriba.

—¿No estás forzando demasiado la pierna? —se dirigía aquel desconocido al hombre de negro.

—¿Otra vez discutiendo? Qué mal se trata aquí a los clientes —respondió con brusquedad el aludido.

Era la primera vez que escuchaba su voz.

El hombre con el *dopo* regresó a la mesa. Conforme se alejaba pudo verle mejor: alto, de piel tan clara como su cabello, gesto relajado y movimientos delicados. Parecía amigable, pero no era amistad lo que veía en sus ojos.

Apoyó también sobre la mesa un plato con tortitas con crema de caramelo reluciente por encima. El olor procedía de ellas. ¿Quiénes eran ellos? ¿Debía huir antes de que le encontrasen?

Mientras barajaba sus opciones se fijó en el cristal de una ventana. El interior estaba lleno de libros y estantes. Contempló con los ojos muy abiertos al hombre y luego al edificio verde. «Un monstruo rodeado de libros». Entonces, ¿era cierto lo que contaban?

Se quedó mirando a los tres que había ahora sentados a la mesa.

—Okto, tienes sirope en la nariz —dijo el hombre del *dopo*.

—¿Sí? Pues límpiamelo.

El hombre le quitó la mancha de la punta de la nariz con un pañuelo. La niña refunfuñó y él se sacó de la manga lo que parecía un libro de cuentos. El niño tuvo que parpadear varias veces para creerse lo que acababa de presenciar.

Estaba convencido de que no era humano. Le recorrió un escalofrío cuando vio que le acercaba el libro a la niña. ¿Iba a comérsela, tal como contaban las historias?

–Todo es muy pegajoso. Ugh, me quita el hambre –gruñó el hombre de negro.

–Pues no vengas. ¿Por qué sigues acudiendo a donde no eres bienvenido?

–¿Acaso soy bienvenido en alguna parte? Porque, que yo sepa, no lo he sido desde que ocupo este cargo.

El silencio lo llenó todo: solo se les escuchaba masticar las nueces. La conversación no continuó hasta que la niña se metió un trozo de tortita en la boca.

–La pierna… ¿no mejora? –preguntó el otro hombre.

–Quizá es cosa de la gente. No sé, será que cojeando llego más lento.

–Seoju, quiero caquis secos.

–Pero ¿no te los comiste ayer? Te va a doler la tripa si comes tantos.

–Da igual, dámelos. Es lo que se pone en las ofrendas a los ancestros.

Él la miró con frialdad sin decir nada, pero se levantó para entrar en el edificio. El niño vio que se desviaba del camino y se concentró en seguir su figura a través de la ventana. De vez en cuando se atisbaba movimiento entre los estantes, libros abiertos. ¿Qué hacía allí parado si se suponía que iba a por comida? Finalmente se detuvo y alzó una mano. Unas chispas brotaron del libro, se arremolinaron en sus manos y en apenas unos segundos se convirtieron en un platito de caquis secos.

El niño estuvo a punto de gritar. ¡Era el Duende de los Libros! ¡Era real!

–Solo dos, que te va a acabar doliendo de verdad –dijo una vez regresó y le tendió el platito a la niña.

El niño desvió la mirada. Ahora que estaban distraídos era su momento, su oportunidad. Solo tenía que moverse con disimulo y colarse para coger un libro. Así tendría una prueba y podría convertirse en el héroe de aquella historia. Le daría en las narices a aquel compañero estúpido.

Intentó moverse rápido, pero sentía las piernas entumecidas después de haber pasado tanto tiempo agazapado. Tuvo que sentarse un momento por los calambres y se masajeó las piernas con ímpetu, cada vez más nervioso. ¡No quería que le comiese el monstruo!

Lo encontró mientras intentaba mover los dedos de los pies.

–Hola.

El hombre le saludaba desde arriba. Alzó la cabeza y allí estaba, frente a él. El niño cayó hacia atrás sujetándose la pierna entumecida bajo la mirada perpleja del hombre, que parecía leerle el miedo en los ojos. Sonrió.

–¿Te has perdido?

–¿Se desmayó solo porque lo saludaste?

–Sí –respondió Seoju con calma–. Se cayó de bruces. Me llamó «Duende de los Libros». Hacía tiempo que no se referían a mí por ese apodo. Me pregunto cómo lo supo...

Había sido un cliente muy singular. ¿Cómo había descubierto aquel nombre que había desaparecido con el tiempo? Se lo habían puesto los niños mucho antes de que existiera la librería. Sin darle mayor importancia, se paseó entre los estantes en busca de una historia que a Yeonseo le había gustado en cada una de sus reencarnaciones. Aunque solía contarle historias diferentes, su prioridad seguía siendo hacerla feliz.

Luego se sentaron uno junto al otro en el jardín secreto de la librería, en el antiguo pabellón al lado de la cascada. El mundo brillaba intensamente bañado en el atardecer. Yeonseo tenía la cabeza apoyada en Seoju.

—El niño no resultó herido, ¿no? —preguntó preocupada.

—Se lo llevó el Emisario —respondió él con los ojos fijos en el libro.

Ella se quedó pálida. Tenía diez años. ¿Se habría detenido su pequeño corazón a causa del susto? ¿Qué le podía dar tanto miedo? Se quedó sin habla, entristecida.

Seoju miró a Yeonseo con una sonrisa pícara.

—Se lo llevó a casa sano y salvo. Ahora estará cenando, vivito y coleando.

Esta vez se quedó callada, avergonzada de lo ridícula que había sido.

Con la de años que había vivido, Seoju se había

vuelto insensible a la vida. Aprovechó la oportunidad para llamarle la atención y decirle que la vida de una persona no podía tomarse a la ligera. Ni siquiera la suya propia. Él la escuchó con atención, mirándola fijamente mientras Yeonseo le hablaba de algo que había vivido hacía mucho. Perdido en sus ojos negros, casi se olvidó de parpadear.

Yeonseo calló.

—¿Me estás escuchando? —le recriminó.

—Claro —respondió él de inmediato.

Sentía que se estaba riendo de ella. La falta de habilidad para comunicarse era uno de sus viejos defectos. Yeonseo desvió la mirada. ¿Mejoraría algún día? Suspiró frustrada. De todas las vidas pasadas, esta era la peor en ese aspecto. Al menos, antes sabía lo que sentía. Ahora se lo tomaba todo a broma y costaba mantener conversaciones serias con él. Incluso cuando le hablaba de lo poco que se valoraba y cómo eso la afectaba a ella. Se quedó con la mirada perdida, triste, y sintió un ligero peso sobre su hombro.

—Estoy escuchándote. Cada palabra. Memorizo el tono de tu voz, las expresiones que usas. Para recordarte cuando desaparezcas.

Seoju se inclinó para abrazarla por la cintura y acomodó la cabeza en su hombro. A pesar del calor en las mejillas, Yeonseo puso los ojos en blanco, fastidiada por tanta tontería. Cada día era peor. Le acarició la cabeza, el pelo suave se le enredó entre los dedos. En el pasado, lo había tenido aún más largo. Perdida en los recuerdos, habló sin pensar.

–Es de mal gusto. ¿Te arde la lengua si no lo dices una vez al día o algo así?

Él levantó la cabeza y parpadeó lentamente.

–Puede ser. ¿Quieres comprobarlo?

De nuevo, tenía las mejillas ardiendo. Siempre tan sagaz, las cogía todas al vuelo y ella se dejaba engañar. Refunfuñó exasperada y Seoju rio.

Le siguió un beso pausado, ni impaciente ni ambicioso. Al ritmo del crepúsculo, descendió por su piel, al compás del lejano soniquete del agua. Cuando abrieron los ojos, se miraron durante largo rato, fijamente. Cómo si pretendieran permanecer así para siempre.

La calidez en sus manos seguiría incluso después de que el otro desapareciera. Ninguno estaba preparado para separarse durante tanto tiempo, por lo que solo disfrutaron del momento, del abrazo y de quererse.

Como la historia más típica. Mirándose sentados uno frente al otro, con los corazones enfocados en la felicidad del ahora.

Nota de la autora

Significa mucho para mí poder publicar este libro a mis veintinueve años, justo la edad que tiene la protagonista. Es una edad en la que no te sientes ni joven ni viejo. Una edad en la que pensaba que había logrado alguna cosa, pero, al mirar atrás, me he dado cuenta de que quizá no sea cierto. Me he pasado días enteros dándole vueltas a esto, con la ansiedad como fuerza motriz, en lugar de las expectativas y la esperanza. Así es como me he sentido hasta ahora, a mis veintinueve años. Y por eso Yeonseo tiene mi edad. Considero que coincide con el momento vital que vive, uno en el que se siente perdida y dando tumbos de un lado para otro.

Aunque diría que esto no tiene tanto que ver con la edad, sino que es algo que vivimos todos. La ansiedad y la depresión nos acompañan. Cuando mis amigos se abren en canal y me cuentan sus problemas y sus emociones, me pregunto siempre cómo ayudarlos. A menudo sé que nada de lo que diga servirá de consuelo y me pregunto si es mejor guardar silencio.

Sin embargo, hay cosas en las que creo de manera inquebrantable: después de pasar por un momento difícil, los problemas no terminan. Llegarán nuevas preocupaciones a tu vida, nuevas cosas que harán que la ansiedad vuelva. Dicen que son estas dificultades las que han empujado al ser humano a ser mejor. Me parece realmente triste pensar que no podemos sentirnos satisfechos ni felices en el momento presente.

¿Qué sentido tiene vivir así si al final no alcanzamos la felicidad? Es una pregunta que me hago desde hace mucho tiempo y todavía no he encontrado una respuesta. Ni creo que lo vaya a hacer. Pero pensando en ello se me ocurrió una historia que contar: *La Librería de las ilusiones*. Comenzó narrada de viva voz y terminó plasmada en papel, transmitiendo siempre la misma fuerza.

Cuando te pierdas, presta atención a los rincones más ocultos, porque al pasar por delante quizá veas una librería. Y, si llamas a la puerta, el dueño vendrá a tu encuentro. Si has tenido un día duro, podrás tomarte un descanso escuchando sus historias el tiempo que necesites, hasta que encuentres la fuerza necesaria para seguir con tu camino.

Espero que hayáis disfrutado imaginando y os hayáis dejado llevar un poco por la fantasía. Deseo que os haya ayudado, aunque sea por momento, en vuestras difíciles vidas. Este es el único objetivo de este libro. Quizá, en lugar de encontrar una sola razón para vivir, sea más fácil descubrir cómo apoyarnos los unos a los otros. Ojalá pueda sorprenderos con nuevos relatos pronto.

Por último, quiero agradecer a todas las personas que me rodean y me cuidan con cariño, a quienes han trabajado duro para que este proyecto saliera adelante, a mis compañeros de trabajo y a mi madre, que me enseñó a tratar el mundo con amor.

Índice